SEX
IM ALTEN
ROM

Historischer Erotik-Roman
von Rhino Valentino

TEIL IV, V und VI
Sammelband

Sie sind herzlich willkommen
auf dem Blog
www.rhino-valentino.com

und auf der Website
www.stumpp.cc
unter welcher mehr Infos und die
aktuelle Verlagsadresse zu finden sind.

Hinweise auf weitere interessante Titel
finden Sie auch am Ende dieses Buches.

Bibliografische Information der Deutschen Nationalbibliothek:
Die Deutsche Nationalbibliothek verzeichnet diese Publikation in der Deutschen
Nationalbibliografie; detaillierte bibliografische Daten sind im Internet über
http://dnb.d-nb.de abrufbar.

Originalausgabe
Erste Auflage April 2013

Die handelnden Personen dieses Romans sind frei erfunden
und volljährig in ihrer Eigenschaft als Romanfigur.
Etwaige Ähnlichkeiten mit lebenden oder toten Personen
wären rein zufällig und nicht vom Autor beabsichtigt.

ISBN 978-3-86441-041-3

Liebe Leserin! Lieber Leser!

Vielen Dank dafür,
dass Sie sich für dieses Buch
entschieden haben.

Ich hoffe, Sie haben damit
viel Spaß und ein gutes
Lesevergnügen.

In diesem Fall hätten sich
die Zeit, die Sie damit verbringen,
und die viele Arbeit, die es mir
bereitet hat, gelohnt.

Wenn Sie mich
auf der Website, dem Blog
oder in den sozialen Netzwerken
besuchen möchten, so würde ich mich
darüber sehr freuen.

Mit den besten Wünschen für Sie,

Rhino Valentino

INHALT
SEX IM ALTEN ROM

SEX IM ALTEN ROM

#4 Das Signum der roten Laterne

HISTORISCHER EROTIK-ROMAN

von *Rhino Valentino*

Kapitel 13:

KÄUFLICHES FLEISCH

Es roch scharf nach öligem Schweiß.

Obinnas Muskeln zuckten, als er immer wieder zustieß. Sein Becken sank auf und nieder, in ruhigen, kräftigen Bewegungen. Seine Hinterbacken zitterten beim Stoßen.

Die Frau, der er zu Diensten war, mochte wohl Ende zwanzig sein. Sie war etwas füllig, besonders um die Hüfte herum, jedoch auf eine niedliche, sehr feminine Art attraktiv. Ihr Fleisch war rundlich weich und duftete nach teuren Bade-Essenzen.

„Stoß mich hinauf in die Berge der Lust!" stieß sie hervor. Heißer Atem zischte zwischen ihren kleinen weißen Zähnen hervor, die die meiste Zeit über fest zusammengebissen waren.

Obinna schwieg und schwang weiter seinen Unterleib, gefühlvoll und aufmerksam, als wäre ihr Körper eine Leinwand, die es mit forschen und zugleich zarten Pinselstrichen zu bearbeiten galt. Schweißperlen rannen seine hübsch pigmentierte, dunkle Haut hinab. Einige fielen auf seine Liebespartnerin, andere tropften auf die kostbaren weichen Kissen der Liege.

Ihr Atem ging zunehmend schneller, als stiege sie tatsächlich in einem raschen Tempo einen Berghang hinauf. Ihr Kopf ruckelte hin und her. Mit geschlossenen Augen genoss sie die talentierte Begattung durch den großen, starken Nubier. Sie tastete nach seinem Po. Seine Backen fühlten sich sehr stramm und fest an, unverwundbar und unempfindlich. Hemmungslos kniff sie zu und grub ihre kleinen, weichen Hände in seine muskulösen Gesäßhügel. Sie spürte unter ihren Fingerkuppen seinen Schweiß, der feuchte Tribut seiner ausdauernden Leistung.

„Stoß mich härter!" befahl sie. „Na los, schwarzer Hengst! Besorg es mir!"

Sein enormer Brustkasten pumpte, mal größer, mal kleiner werdend, im Takt seines schnellen Atems. Tief in ihm dröhnte ein dumpfer, tiefer Basston des Atmens. Obinna wusste um seine hohen Qualitäten als Bock. Es war nur eine Frage der Zeit, bis die Frau ihren Höhepunkt erklimmen würde.

Allerdings hatte sie bis jetzt schon ungewöhnlich lange gebraucht, um richtig Fahrt aufzunehmen. Beherrschte sie etwa die Kunst, ihre sexuellen Höhepunkte hinauszuzögern und auszudehnen? Dann würde sie zweifellos reichlich viel Genuss herausschinden als Gegenleistung für den Preis, den sie für die Begattung bezahlt hatte.

„Jetzt das Gedicht!" befahl sie. „Sag es! Sprich die Verse der Liebe und des Verlangens, wie sie eine kobernde Mannshure spricht!"

Obinna nickte. Ohne im Stoßen innezuhalten, sprach er in fast makellosem Römisch die Verse des Lasters:

„Frau, oh Frau, du Götterwesen,
So komme doch und leb´ die Lust!
Deine Spalte soll genesen
Von Kummer, Trockenheit und Frust!

Feucht, oh feucht, so sollst du werden,
Schreien sollst du voll Begier!
Ein Gefühl fast wie das Sterben –
Nur wenig Mensch, viel mehr noch Tier!"

Endlich schien sie soweit zu sein. Sie wurde steifer in ihren Bewegungen, schmiegte sich nicht mehr an ihn wie heißes Wachs, sondern begann unkontrolliert am ganzen Leib zu zittern. Er umfasste sie mit Schenkeln und Händen fester, da er sich dem nahen Ziel sicher zu werden begann und sie streng dorthin führen wollte. Gleich würde sie explodieren. Wie viele andere vor ihr, würde sie schamlos und laut ihre Lust herausschreien. Weit weg von der Etikette ihres edlen Wohnhauses und den braven Gepflogenheiten des Ehebettes, würde ihr nicht der Sinn nach Vornehmheit und Zurückhaltung stehen. Hier war sie mehr Schwein als Mensch! Eine brünstige, sich in Schweiß und Sperma suhlende, männerverschlingende Sau der Fleischestriebe.

„Du Mistkerl!" schrie sie jetzt, heiser und mit kieksender Stimme. Sie trommelte mit den Fäusten gegen seine Brust. Es hallte dumpf. Warme Schweißperlen spritzten nach allen Seiten weg. Die Luft schien zu dampfen und nach Moschus zu riechen. Sie gebärdete sich, als wäre er kein Lustbereiter, sondern ein Übeltäter! *Sie* war es doch, eine dieser wohlhabenden Damen von tadellosem Ruf, die sich im ersten und einzigen Männerbordell Roms bespringen ließ! Wahrscheinlich ohne das Wissen ihres Ehemannes. Das Bewusstsein der frechen Treuelosigkeit ihrer Tat war es, das ihr selbst jetzt, im Taumel der Sinnesfreuden, in die Quere kam. Weshalb sie affektiert die Schuld an der Bespringung ihrem Bockpartner zuwies, um ihr Gewissen zu entlasten.

Schmatzend fuhr sein praller Schwengel in ihre heißnasse Lustgrotte. Das Liebessekret nässte ihre Schenkel. Es wurde nun so glitschig, dass bei jedem Bockstoß ein Klatschen ertönte. Als spränge jemand in eine Regenpfütze.

Die Frau biss zu und schnappte nach seinem Unterarm. Während goldene Wellen der reinen Freude sie durchströmten, grub sie ihre Zähne wie von Sinnen in das dunkle Fleisch Obinnas. Sie sog den Geruch des Schwarzen in sich auf und schmeckte seinen Schweiß auf ihrer Zunge. Wäre sie eine Dämonin, sie hätte ihn bei lebendigem Leibe aufgefressen.

Völlig konfus von dem aufgebrandeten Sturm ihres Höhepunktes, ließ sie sich sodann auf den allmählich schwächer werdenden Lustwellen treiben und sank schließlich in sich zusammen. Unendlich erleichtert und überaus erfüllt mit Zufriedenheit lag sie auf den Kissen der Liege.

Die dicke, lange Männerschlange fuhr bedächtig und steif aus der geröteten Höhle, in der sie so ausgiebig getobt hatte. Diese wurde daraufhin langsam enger, bis sie sich wieder zu einem Schlitz verringert hatte. Die Frau kniff die Schenkel zusammen, kaum dass der Schwarze seinen schweren Riemen aus ihr gezogen hatte, als würde sie sich plötzlich an so etwas wie Scham erinnern. Jetzt erst, wo die wilde Schlacht geschlagen und der verbotene Ehebruch vollzogen war!

Obinna wartete ab, ob seine Kundin nach dem Akt Liebkosungen erwartete. Dem war anscheinend nicht so, denn als er zärtlich nach ihren Brüsten tastete, schob sie seine Hände beiseite. Er stand auf. Sein Riemen war nicht mehr ganz steif. Glänzende Fäden herausgetretenen Schwengelschleims klebten daran. Das meiste des Saftes hatte er auf ihre Brüste und ihren Bauch gespritzt, wo er bald trocknen würde zu einer milchigen Kruste, wenn er nicht bald abgewaschen wurde.

„Seid ihr zufrieden, Herrin?" wollte er leise wissen.

Sie schwieg einen langen Moment. Dann nickte sie, kaum merklich. „Du bist ein außergewöhnlicher Mannsbock", stellte sie fest. „Was meine Freundinnen über dich erzählten, ist wahr. Mehr als wahr."

„Dann erlaubt ihr, dass ich mich jetzt zurückziehe?" fragte er.

„Ja."

„Ihr könnt euch waschen in dem Nebengemach", sagte er. „Da steht ein Zuber mit allem, was nötig ist."

„Gut." Sie machte noch keine Anstalten, sich zu erheben, lag einfach nur da. Ermattet, erschöpft.

Obinna zog sich zurück. Wieder hatte er erfolgreich eine Kundin beglückt.

***

„Hast du sie zur Zufriedenheit bestiegen?" forschte Laetitia.

Obinna nickte. Er stand nackt vor ihr, war frisch gewaschen und roch nach Palmöl.

Sie ging zu ihm hin und sah ihn streng an. Er senkte den Blick, fühlte sich ihr schutzlos ausgeliefert. Sie trug eine schwarze, glänzende Seidentunika und hochgeschnürte Sandalen aus schwarzgefärbtem Ziegenleder. Silberner Schmuck bildete einen harten, kalten Kontrast zu der Schwärze ihrer Kleidung.

Laetitia lächelte. Nicht warmherzig oder freundlich, eher höflich und geschäftsmäßig. „Sie war überaus zufrieden, als sie ging", bestätigte sie ihm. „Sie sah ganz danach aus, und sagte es sogar. Kein Mannsbock in ihrem Leben, schon gar nicht ihr Ehegatte, hat es ihr jemals auch nur annähernd so gut besorgt wie du!"

Verlegen sah er sie kurz an und blickte in ihre abschätzenden, leicht spöttischen Augen. Für eine Frau erschien sie ihm trotz ihrer Attraktivität ungewöhnlich hart, zielstrebig und pragmatisch. Eigenschaften, die man für gewöhnlich eher dem männlichen Geschlecht zurechnete.

„Wie viele hast du heute begattet?" fragte Laetitia kühl und fast beiläufig, als würde sie von einem Knecht die Anzahl der gemolkenen Kühe wissen wollen.

„Acht", antwortete Obinna. Unauffällig rieb er sich das Gehänge. Es fühlte sich an wie eine zu lange gesiedete Kochwurst. Sein Sack war schrumpelig, als hätte er tagelang in der heißen Wüstensonne gedörrt. Die Eier schienen um Erbarmen zu flehen, hingen schmerzend darin wie riesige trockene Datteln.

„Ein herausragender Meister-Rammler wie du schafft ein Dutzend!" behauptete Laetitia. „Das ist die Zahl, auf die du dich einzustellen hast, mein Guter! Allmählich gewinnt unser kleines Experiment an Fahrt… In ganz Rom hat es so etwas noch nicht gegeben. Unter den dekadenten Römerinnen spricht es sich langsam herum, dass hier am Tiber in einem ehemaligen Bootshaus etwas ganz Besonderes vor sich geht, an dem jede teilhaben kann, die die Sesterzen lockermacht!" Sie lachte, hell und kalt. Es klang wie splitterndes Kristallglas.

Ein Dutzend Frauen pro Tag. *Zwölf.* Obinna schluckte. Wie sollte er das auf Dauer durchstehen? Er hatte ein mächtiges Werkzeug und war geübt im Umgang damit. Doch auch ein Schmied konnte nicht dauernd und bergeweise Hufeisen pro Tag schmieden, ohne dass die Erschöpfung ihn übermannte.

„Ich will nicht ungerecht sein oder geldgierig erscheinen", sagte Laetitia, sah seine müden Augen und zwinkerte ihm zu. „Gleich morgen werde ich mit einer Strichliste für dich beginnen, die ich ständig und korrekt fortführen werde, solange du hier im Einsatz bist. Für jede zufriedene Kundin mache ich einen Strich auf deine Liste. Für jede, die sich beschwert, ziehe ich drei ab." Sie wartete seine Reaktion ab, las seine Mimik und Körpersprache. Nur Reglosigkeit erkannte sie, womöglich kombiniert mit einer Prise Resignation.

„Wenn du, sagen wir mal…" Sie überlegte. „Wenn du eintausend, nein… *dreitausend* Dutzend Kundinnen glücklich gemacht hast, werde ich dir die Freiheit schenken, Sklave." Sie strahlte ihn an, als müsse er ihr für die in Aussicht gestellte vermeintliche Großzügigkeit unendlich dankbar sein.

Obinna nickte und verzog das Gesicht zu einem schiefen Grinsen. Nach dem heutigen anstrengenden Tag konnte er sich nicht einmal mehr ein aufrichtiges Lächeln abringen.

„Das ist schön, Herrin", sagte er matt. „Das ist gütig und zeugt von wahrer Größe."

Laetitia nickte triumphierend und hielt inne, als sie eine Glocke hörte. Eine neue Kundin befand sich wohl schon im Empfangsraum! Geschäftstüchtig zupfte sie ihre kostbare schwarze Tunika zurecht und beeilte sich, die Kundin zu empfangen.

„Wenn sie dich will, musst du gleich nochmal ran!" teilte sie Obinna im Hinausgehen mit.

Ratlos sah er ihr hinterher. Sein Sack war leergemolken, als wäre er ein Weinschlauch in den Händen eines durstigen Säufers im Sommer.

Wie sollte er das alles nur schaffen? Was sollte aus ihm werden? Beklommen dachte er an die schöne blonde Germanin Afra, die er sehr mochte und immer mehr liebgewann. Auch an Dumnorix, diesen kauzigen Schnauzbärtigen aus Gallien. Was mussten *sie* heute ertragen? Wie lange würden *sie* diese Mühen durchhalten, wo sie doch bei weitem weniger Kraft und Ausdauer hatten als er? Er nahm sich vor, möglichst noch heute Abend mit beiden zu sprechen.

***

Der Senator griff mit beiden Händen in die füllige blonde Haarpracht und wühlte darin herum. Den Kopf nach oben gereckt, japste er schweratmig nach Luft. Sein schwerer Körper wogte hin und her wie ein großer Busch im Wind. Er sah nach unten und strich mit fahrigen Bewegungen die blonden langen Haare nach hinten, die das schamlose Treiben vor seinem Blickfeld verbargen. Jetzt, als fast sämtliche Haare nach hinten gestrichen waren, sah er den Kopf der hellhäutigen Schönheit, der sich an seinem Schritt zu schaffen machte.

Der Senator kniete auf einem Kissen am Boden. Vor sich, auf allen Vieren, kauerte die blonde Germanin und lutschte mit selbstvergessener Hingabe sein Senatorengehänge. Sie hatte eine raffinierte Methode, die ihm gut gefiel: In einem stetigen Wechsel leckte sie ihm mit der rauen Zunge an der Eichel, bis er fast verrückt wurde, so kitzelig fühlte sich das an. Anschließend umschloss sie mit ihren vollen, geschminkten Lippen sein Glied, um daran kräftig zu saugen, dass es die reinste Wonne war. Zwischendurch nahm sie sich immer mal wieder seinen Sack vor. Sie nahm abwechselnd mal das linke, mal das rechte Ei in den Mund und bewegte es vorsichtig in der Mundhöhle umher, als sei es ein Stück kostbarer Konfekt.

Langsam kam sein Saft in Wallung. Seine Eichel sah schon ganz rot aus und glänzte vom Speichel und einzelnen Tröpfchen vorwitzig heraustretenden Eiersaftes.

„Kennst du dich auch mit den Gegebenheiten des hinteren Raumes aus?" fragte er, einer schmutzigen Eingebung folgend, und grinste säuisch.

Afra sah zu ihm auf und wurde rot. Schweißnasse Haarsträhnen hingen ihr übers Gesicht. Sie schlug ihre wunderschönen meerblauen Augen nieder und nickte, fast unmerklich. „Ja", flüsterte sie. „Aber es ist verboten, es gefällt den Göttern nicht. Man sagt, es sei unrein."

„Hier in Rom ist nichts unrein, was den Römern gefällt!" lachte der Senator speckig. „Geh, sei flink und eine brave Hure! Erfülle mir den Wunsch und fege meinen Hintereingang mit deiner zarten rosa Zunge!"

Afra tat, wie ihr geheißen wurde, und hoffte inständig, sein Loch möge sauber sein. Zum Glück roch sie nichts außer den Ausdünstungen seines Schweißes, als sich ihr Mund seinem Gesäß näherte. Scheinbar hatte er seine braune Pforte in rücksichtsvoller Voraussicht gründlich gewaschen.

Sie begann vor seiner Hintertür zu fegen, leckte zärtlich an der Spalte zwischen seinen Gesäßbacken herum, dort, wo sich schon der Hautansatz seines Sackes befand. Als handele es sich um eine Leckerei, umspielte sie sodann mit ihrem Mund seine Rosette.

„Bespringe das Loch mit deinem Zungen-Schwengel!" befahl er keuchend. Unheimliche, fast schon beängstigende Gefühle der Hitze und Ungeduld überkamen ihn. Mit Erschrecken stellte er fest, dass es sehr ähnliche Gefühle waren wie die, die ihn übermannten, wenn er im Circus Maximus saß und einer Menschenschlachtung beiwohnte. Es war egal! Hier war er Herr und konnte tun, was er wollte. Er hatte sich in einem wundervollen, intimen Schweinestall eingemietet, wo er sich als zügelloser Eber gehen lassen konnte.

Afra nestelte mit ihrer Zunge an seiner Rosette herum und versuchte einzudringen. Es war gar nicht so einfach, da er diese zunächst zusammenkniff, sei es scherzhaft oder aus Unsicherheit. Schließlich glitt ihre Zunge in seine Gesäßhöhle, was er mit einem vergnügten Stöhnen quittierte. Fleißig penetrierte sie das Loch, nicht ohne ausreichend Speichel zu Hilfe zu nehmen.

Auf allen Vieren vor sich hin jaulend, wand er sich unter ihren feuchtzarten Zungenstößen. „Mehr, mehr!" fluchte er mit brüchiger Stimme. „Oh, du schamloses Weib, noch nie zuvor hat eine es gewagt, dermaßen ungehemmt und ordinär in mich einzudringen! Wie überaus abartig müsst ihr doch sein, ihr Barbaren aus dem Germanischen Wald, dem du entstammst! Was anständige römische Bürger nicht mal im Weinrausch zu träumen wagen, treibt ihr wohl tagtäglich mit einer Selbstverständlichkeit, die der des Atmens gleichkommt!"

Anscheinend gefiel es diesem Schwätzer, selbst beim Geschlechtsakt Reden zu schwingen. Afra war es gleichgültig. Ihre Aufgabe war es, dieses Schwein von einem Senator zum Quieken zu bringen und die willfährige Dienerin seiner sexuellen Phantasien zu sein.

Während sie sein Gesäßloch bearbeitete, massierte sie ihm den Sack, knetete ihn zärtlich und knuddelte die beiden runden Eier darin, die sicher schon fleißig begannen, den Saft in seinen Schwengelkanal zu pumpen. Ab und zu molk sie an seinem stark geschwollenen Bockprügel.

Grunzend wandte sich der Senator um und drückte ihr die Zunge in den Mund. Er schmeckte das Aroma seiner eigenen Darmhöhle. Es war ihm angenehm.

„Nun wird geritten!" wies er sie an. Während sie sich auf allen Vieren in Stellung brachte, walkte er voller Vorfreude an seinem Schwengel herum, auch um diesen daran zu hindern schlaff zu werden. Afra kauerte am Boden und streckte ihren Unterleib in die Höhe. Ihr festes, pralles Hinterteil ragte steil nach oben, hypnotisierend wirkend wie das helle Antlitz des Mondes auf einen

Wolf. Sie wackelte animierend mit dem Gesäß hin und her und ließ es sanft kreisen, als ob sie es kaum erwarten könne, von dem Senator bestiegen zu werden.

Der, flink und forsch, klemmte ihren Po zwischen seine Schenkel und nahm gebückt hinter ihr Platz. Mit einem Ruck fädelte er seinen pulsierenden Fleischpfahl in ihrer feuchten Spalte ein. Der Kopf seines Schwengels glitt zwischen den engen, rötlich schimmernden Fleischlippen ihrs Geschlechts hindurch. Bald hatte er ihr sein ganzes Teil bis zum Anschlag einverleibt und machte sich mit viel Freude an die Arbeit. Mit klatschenden Stößen fuhr sein biegsames Rohr auf und ab, hämmerte eine Stoßserie von Blitzbesuchen in ihre Lustgrotte. Er packte sie an den schmalen, feingliedrigen Schultern, spürte die zarte, reine Haut der jungen Schönheit und wippte mit seinem Unterleib gegen den ihren. Er umfasste ihre Hüfte, die so schlank und wohlgeformt war, dass er fast glaubte, sie müsse wohl der Abkömmling einer Waldfee oder Elfe sein. Schier unmöglich, dass eine Frau von solch zierlichem und zugleich doch so rundlich prallem Wuchs eine rein menschliche Abstammung hatte! Wer waren diese germanischen Barbaren? Was taten sie, was aßen sie, um letztendlich Wesen von so herrlicher Statur hervorzubringen? War die römische Rasse nicht ungleich besser, reiner und den Göttern näher als die der Waldkreaturen? Schmutzig und verlaust rannten sie in ihren Wäldern umher und lebten wie die Tiere. Wie konnte ein solch zauberhaftes, überaus hübsches Wesen wie diese Blonde einem solchen Volk entstammen?

Der Senator bockte, beständig und gleichmäßig. Afra kam ihm entgegen, passte sich seinem Rhythmus an und passte dabei auf, dass sein Bockprügel im Eifer des Gefechtes nicht aus ihrer Spalte rutschte.

Der Mann hatte nichts übrig für Stellungswechsel. Er beharrte in der Hundestellung und rammelte sie fleißig von hinten. Seine gebräunte, großporige Haut schmiegte sich an ihre samtzarte, fast weiße. Sie roch ihn. Ein Gemisch aus saurem Männerschweiß und süßem Honigwein.

Schließlich gab er Töne von sich, als sei er ein Gladiator im Todeskampf. Er bäumte sich auf. Sein Schwengel fuhr aus ihrem Loch heraus und reckte sich über ihr wackelndes Gesäß. Pulsierend schoss er mehrere dicke Salven warmen Schleimes über ihren Rücken. Zäh rannen die Tropfen an ihr herab und tropften auf die Kissen am Boden.

Der Senator wälzte sich von ihr herab und lachte befreit. Was war das für ein herrlicher Ritt gewesen! Was war sie für eine herausragende Stute von feinstem Wuchs! Dabei nicht zu alt und nicht zu jung, wohl erst Anfang zwanzig. Er hieb ihr fröhlich mit der flachen Hand auf den Hintern. Ihr festes Fleisch wogte dabei in kurzen leichten Wellen. Sie lächelte demütig und legte sich auf die Kissen, bereit, ihm weiter zu Willen zu sein, sollte er es wünschen. Sein Schwengelschleim klebte an ihrem Rücken. Der feiste Machtmensch hatte sein Revier markiert. Er hatte sie besessen und bespritzt. Sein Fühler der Lust hatte sie von innen erkundet und wusste fortan, wie es war, mit dieser Sklavengöttin zu verkehren.

Über alle Maßen wundervoll.

***

„Gottverdammter Lümmel!" brüllte die Furie. Sie riss den jungen Mann am Ohr und schüttelte seinen Kopf hin und her. „Wie kannst du es wagen, schlappzumachen? Elender!" Sie streckte ihm ihre teigige große Frauenfaust direkt unter die Nase. Es kitzelte ihm am Schnauzbart.

„Verzeiht mir, große Hochwohlgeborene", sagte der Gallier Dumnorix betreten und sah an sich hinab. Die letzten Reste des Eiersaftes tropften von seinem Gehänge zu Boden.

Die Frau stand vor ihm in ihrer ganzen Dominanz und Fülle. Sie war es gewohnt zu befehlen, war sie doch die schwerreiche Witwe eines Feldherrn, der noch vor der Zeit des großen Julius Cäsar Legionäre in siegreiche Schlachten geführt hatte. Sie war Mitte vierzig. An ihrem Hof führte sie ein strenges Regiment. Alle ihre Sklavinnen und Sklaven waren ihr hündisch ergeben. Sie hatte keine Hemmungen, auch außerhalb ihrer Gemäuer erbarmungslose Herrschaft auszuüben. Zumal sie in diesem Fall viele Sesterzen bezahlt hatte, um sich von dem gallischen Bock bespringen zu lassen.

Ohne Vorwarnung und mit der Schnelligkeit eines Wiesels, die man ihr aufgrund ihrer Körpermasse gar nicht zugetraut hätte, packte sie den entsetzten Dumnorix bei den Eiern. Wie ein Schraubstock hielt sie seinen gepeinigten Sack in den Händen und drehte ihn im Kreis herum.

Der Gallier bekam einen hochroten Kopf. Nackte Panik stand ihm in den aufgerissenen Augen. „Nicht!" presste er hervor. „Gnade, bitte! Macht mir das Gehänge nicht kaputt, ich flehe euch an!" Jetzt hatte er Tränen in den Augen. Das gefiel ihr. Sie drehte noch etwas kräftiger am Sack. Dumnorix winselte. Seine Eier fühlten sich an als würden sie in heißem Öl gebacken.

Schließlich ließ sie ihn los, und der Sklave sank zu Boden, die Hände vor den Schritt gepresst. Nackt und gebückt hockte er da, gedemütigt und verängstigt.

„*So* will ich dich haben!" stellte die dicke Witwe fest. „Deine Herrin Laetitia hat mich bereits vorgewarnt! Du stammst aus einem aufsässigen, dreisten Waldvolk und wagst es mitunter, uns Römern Widerworte zu geben und deine Arbeitsleistung nach Laune und Belieben zu dosieren, anstatt *immer alles* zu geben! Schluss damit jetzt!" Ihre Stimme überschlug sich. Dumnorix schloss die Augen. Grässliche Bilder eines fauchenden Drachens gingen ihm durch den Kopf.

„Du hast mich gar schlecht bestiegen vorhin. Es hat nur wenige Augenblicke gedauert, war zu gefühllos und wenig kraftvoll. Erbärmlich!" Sie spie das letzte Wort aus, verächtlich und wütend. Sie sah auf ihn herab. Er wagte nicht, ihren drohenden Blick zu erwidern. Dann grinste sie boshaft und ging in die Hocke. Ihre dicken Brüste baumelten hin und her. Er fasste zaghaft an einen ihrer Nippel und spielte daran. Rasch wurde er hart. Sie folgte den Bewegungen seiner Hände, die nun begannen, beiden Brüste zu streicheln.

„Aha!" stellte sie hämisch fest. „Der Kerl braucht nur eine tüchtige Abreibung, und schon pariert er!" Sie zog ihn an den Haaren, bis sein Gesicht sich dicht vor dem ihren befand. „Nun leck meine Pforte!" herrschte sie ihn an. „Und ich rate dir, mach es gut! Tue es ausgiebig, bis mich die Lust umspült. Dann fange an mich ungestüm zu bocken, hörst du! Lass mir einen Vorsprung, und fange erst an zu rammeln, wenn der Höhepunkt für mich schon in Sicht ist. So wirst du hoffentlich die Leistung erbringen, die ich von dir erwarte. Sklave!" Sie gab ihm eine schallende Ohrfeige zur Bekräftigung und schnippte dann mit den Fingern gegen seine Eichel.

Schicksalsergeben begann Dumnorix sich über die große, weiche Spalte der dicken Witwe herzumachen. Ihm war, als würde er in einer glibbrigen Fischsuppe herumschlürfen. Langsam fing sie an leise vor sich hinzukeuchen und zu stöhnen, presste ihre Schenkel gegen seinen Kopf und seinen Hals. Sie schien sich einen Spaß daraus zu machen, ihn auf diese Art zu würgen.

Dumnorix schloss die Augen und wünschte sich die Nacht herbei und den tiefen, erlösenden Schlaf, den sie mit sich bringen würde.

***

Das ehemalige Bootshaus lag still am Ufer des Tibers, dessen Wellen im Mondschein sanft glitzerten. Obinna saß am steinernen Rand des Flusses und blickte auf die dunklen Fluten. Am anderen Ufer gähnten die Hügel Roms, matt erleuchtet von unzähligen Öllampen. Hier und da flackerte ein Leuchtfeuer. Es roch etwas nach Fäulnis und Rauch. Irgendwo schrie eine Möwe.

Afra trat hinter den großen Nubier. Sie war soeben aus dem Gebäude getreten, das früher der Restauration von Schiffen gedient hatte und nun von Laetitia gepachtet und umgebaut worden war, um als Freudenhaus zu dienen.

Obinna sah sich kurz um und lächelte sie erfreut an. „Oh Afra", sagte er. „Hast du es vollbracht für heute?"

„Ja", sagte Afra tonlos. „Heute war es wieder anstrengend. Ich hatte neun Kunden. Und die alte Tullia war da", fügte sie nach einer kurzen Pause hinzu. „Sie hat zusammen mit der Herrin die Sesterzen gezählt. Sie haben sich ums Geld gestritten."

Obinna schnaubte. Sein Gehänge schmerzte. Die Eichel brannte. Der Sack war taub und leergewrungen. Das Parfüm der letzten Kundin des Tages haftete noch auf seiner Haut. Er hatte nicht mehr die Kraft gehabt, sich nach dem letzten Geschlechtsakt zu waschen.

Afra setzte sich neben ihn. Sie hielt eine große Tonkaraffe in der Hand, in der glucksend eine Flüssigkeit herumschwappte. „Wein", sagte sie beiläufig. Sie streckte ihm die Karaffe hin. Er schüttelte den Kopf. Sie führte sie vorsichtig an den Mund, da die Öffnung recht groß war. Ohne etwas zu verschütten, trank sie mit langsamen, großen Schlucken.

Schritte ertönten hinter ihnen. „Bekomme ich auch etwas ab?" fragte eine müde Stimme mit gallischem Akzent. Afra drehte sich um und gab die Karaffe an Dumnorix weiter, der leicht humpelnd herangetreten war. Irgendetwas schien ihm weh zu tun. Er benetzte erst zaghaft seine Kehle, um den Wein dann durstig in seinen Magen hinabrinnen zu lassen.

Einer der Wärter am Tor des Freudenhauses sah finster zu ihnen herüber. „He da, ihr Sklaven!" rief er unfreundlich. „Es ist euch verboten, Wein zu trinken in aller Öffentlichkeit! Soll das ein privates Fest werden, oder wie sehe ich das?"

Obinna drehte seinen Oberkörper langsam vom Fluss weg, stützte sich mit einer Hand am Steinboden ab und musterte den Wärter lange Zeit stumm und ohne jede Regung. Er sagte kein Wort und streckte nur ruhig die Hand nach der Weinkaraffe aus, ohne den Wärter aus den Augen zu lassen. Dumnorix rülpste leise, wischte sich mit dem Handrücken den Mund ab und reichte sie ihm. Obinna nahm die Karaffe, setzte sie an die Lippen und trank einige wenige Schlucke. Dabei musterte er den Wärter aufmerksam und lauernd. Der trat unruhig von einem Bein aufs andere und blickte nervös zu seinem Kollegen hinüber. Dieser machte keine Anstalten, die Szene wahrzunehmen, geschweige denn zu kommentieren. Er starrte angestrengt zum hölzernen Dach des Freudenhauses hinauf, als gäbe es dort etwas furchtbar Interessantes zu sehen. Missmutig wandte sich der Wärter schließlich ab und ignorierte die drei Sklaven.

Noch einige Zeit saßen Obinna, Afra und Dumnorix so am Ufer des Tibers und ließen die Weinkaraffe kreisen. Wortlos verstanden sie sich, mental zusammengeschmiedet in Leid und Gefangenschaft.

Die Schönheit, Geschmeidigkeit und Kraft ihrer Körper war ihr Kapital und ihr Fluch zugleich: Sie verhinderte, dass sie in harter Feld- oder Kriegsarbeit aufgezehrt wurden, und würde andererseits dafür sorgen, dass sie niemals aus den Klauen Roms entkämen. Denn solange die Römer Genuss und Freude an ihnen hätten, würden sie ihnen heillos ausgeliefert sein.

„Nur Krankheit, Alter oder Tod kann uns von unserem Dasein befreien!" seufzte Afra bekümmert.

„Oder Flucht!" sagte Obinna so leise, dass man ihn kaum hören konnte.

Kapitel 14:

DER WILLE ZUR MACHT

„Her mit den Sesterzen!"

Die alte Tullia griff gierig nach dem Lederbeutel. Laetitia schob ihn weg. Der Griff ging ins Leere.

„Erst erklärt ihr euch bereit, mindestens vier gute Mannsböcke herbeizuschaffen!" sagte Laetitia bestimmt. Sie zeigte keine Anzeichen von Respekt vor dem Alter der fast siebzigjährigen Frau. Wenn es ums Geschäft ging, zählte für sie nichts anderes als die Macht des Geldes. Da war sie, und da war ihr unternehmerisches Vorhaben. Alles andere waren nur Statisten und Gegenstände, die es so zu positionieren galt, dass sie ihr zum Sieg im Spiel verhalfen oder ihm zumindest nicht im Wege standen.

„Ich sagte euch bereits, dass dies nicht so einfach ist!" erklärte Tullia gereizt. Ihre Augen fixierten den Lederbeutel wie der Adler ein Kaninchen. „Ihr habt Glück gehabt mit den euren. Allein der große Schwarze ist ein Vermögen wert. Ein so schnelles, einfach zu habendes Glück ist nicht jedem vergönnt." Fast vorwurfsvoll wandte sie ihren Blick zu Laetitia, die den Beutel mit den Sesterzen nicht aus den Händen ließ.

„Sieben Huren arbeiten in meinem Bordell", fing Laetitia an. „*Unserem* Bordell", korrigierte sie Tullia sofort. Unbeirrt fuhr Laetitia fort. „Sechs kräftige Mannshuren, die die Damen Roms bereits gut bedienen, sowie die blonde Sklavin aus dem Germanischen Wald. Diese kommt sowohl bei den geilen Bürgern an als auch bei den Damen, die die besonderen Genüsse schätzen und auch mal bei ihresgleichen Entspannung finden wollen." Sie sah Tullia an, als wollte sie sagen: *Irgendwelche Einwände, alte Frau?* Dann ging sie ins Detail: „Wir hätten Platz für weitere sieben oder acht, wenn nicht gar noch mehr. Das Geschäft ist gut angelaufen und schickt sich an, sich in höchste Höhen aufzuschwingen!" Sie lachte laut und vergnügt. Es klang tatsächlich fast wie ein verrückter Vogel, ein aufgeregter Papagei etwa.

„Platz ist genug in dem schönen Bootshaus", bestätigte Tullia leicht grimmig, „welches *ich* euch verschafft habe!"

Laetitia nickte seufzend. In der Tat hatte die Alte ihre zahlreichen Kontakte angezapft für den Kauf des Bordellgebäudes. Zudem hatte sie beim Gespräch mit dem Eigentümer geschickt mitgewirkt, so dass schließlich die vereinbarte Pachtsumme eine recht günstige gewesen war. Die Kosten für die Pacht und den Umbau des Gebäudes sowie die Bestechungen der Beamten, die die Genehmigung zum Betrieb des Etablissements gegeben hatten, waren durch zwei geteilt worden. Genau wie Laetitia war Tullia die gleichberechtigte Betreiberin des Bordells. Laetitia bereute fast ihren Entschluss, zusammen mit Tullia dieses Unternehmen gestartet zu haben. Schon jetzt redete die Alte ihr ständig dazwischen, zu oft für ihren Geschmack. Die Herrschaft mit jemandem teilen zu müssen, gefiel ihr nicht. Allerdings hatte die Zusammenarbeit auch ihre Vorteile. Ihrem reichen Gatten Magnus, aus dessen Vermögen letztendlich ein guter Teil der Geschäftsinvestitionen geflossen war, hatte Laetitia die Sache so verkauft: Tullia, die „geile alte Närrin", habe eine zwar perverse aber auch geniale Idee vom ersten Frauenbordell Roms gehabt. Diese Idee fände sie, die anständige und ehrbare Laetitia, einerseits abscheulich und ekelerregend, aber auch chancenreich für enorme Geldgewinne. Weswegen sie ihn, Magnus, um Geld fragte. Um der verrückten alten Tullia bei einem Vorhaben zu helfen, das ihm selbst letztendlich noch mehr Wohlstand einbrächte. Denn bei allem moralischen Gegenwind läge die Qualität der Geschäftsidee doch auf der Hand.

In Wahrheit hatte Laetitia forsch und aktiv die Idee der alten Tullia aufgegriffen und in die Tat umgesetzt, die diese beim rauschenden Fest der Sinnesfreuden vor über zwei Monaten geäußert hatte. Laetitia war die treibende Kraft hinter der Gründung des Bordells gewesen, befeuert nicht nur von Machtstreben und Geldgier, sondern auch von triebhaftem Eigeninteresse, welches seinen Ursprung in der häufigen wollüstigen Nässe zwischen ihren Schenkeln hatte.

Bei diesem Fest damals war nicht nur auf tragische, dekadente Art ein Mann gestorben, der große Tiberius Quintus. Gleichsam war eine Vision geboren worden: Der Beginn des Plans vom ersten Frauenbordell Roms!

Laetitia sah aus dem Fenster. Die Sonne begann sich bereits zu verabschieden. In nicht allzu langer Zeit würde die Dämmerung hereinbrechen.

„Sehr viel Zeit habe ich nicht", sagte sie und nestelte am Beutel herum. Langsam zählte sie einige Sesterzen auf den Tisch, beobachtet vom lauernden Blick Tullias. „Mein Gatte erwartet mich zum Abendessen", fuhr Laetitia fort. „Er, der große Zahler, hat ein Recht darauf, ab und an auch mal seine Gattin zu

Gesicht zu bekommen." Sie kicherte.

„Was, so wenig!" ereiferte sich Tullia, kaum dass die abgezählten Sesterzen vor ihr lagen. In Windeseile raffte sie die Silbermünzen zusammen und ließ sie irgendwo in den Falten ihrer Tunika verschwinden.

„Es wird mehr werden", versicherte Laetitia selbstsicher. „Viel mehr. Der Nubier hat erst begonnen, sich in Form zu bringen, scheint mir. Er ist ein duldsamer, formbarer Bock. Auch der Gallier und die anderen sind sehr brauchbare Rammler. Die Germanin ist ein Antlitz für die Götter und wird einer Menge Römer den Kopf verdrehen. Sie werden Sesterzen scheißen wie eine Horde Schafe, denen man Abführmittel gegeben hat!" Sie prustete los, lachend über ihren ungehobelten Scherz.

Selbst Tullia verzog jetzt die Miene zu einem breiten Grinsen, das ihre Zahnstummel zeigte. „Der Nubier ist ein außerordentlicher Bespringer", fing sie an zu schwärmen. „Bei eurem Fest im Juni hat er tüchtige Leistung gezeigt."

„Natürlich", lächelte Laetitia. „Und gut sichtbar für alle Gäste. Er hat euren vielgebockten Greisenkörper wie ein Rennpferd über die Steinfließen geritten, dass es aussah, als habe euer letztes Stündlein geschlagen!"

„Hole ihn!" rief Tullia plötzlich. „Jetzt, hierher!" Sie klatschte in die Hände. Verwundert sah Laetitia sie an. War die Alte von allen guten Geistern verlassen? Oder bereits so schamlos und abgebrüht, dass sie eine spontane Begattung wünschte, hier im edlen bürgerlichen Hause Laetitias und Magnus, kurz vor der Zeit des Abendessens?

„Ich glaube nicht, dass es angebracht ist, jetzt in dieser Stunde meinen Sklaven für private Gelüste herzunehmen", wandte Laetitia ein.

„Nicht *das*", beschwichtigte Tullia sie. „Ich will ihn nur sehen."

Laetitia überlegte kurz und nickte. Sie läutete mit ihrem Glöckchen nach einer Dienerin. Sogleich erschien die schöne Griechin Aikaterine im Türrahmen. Laetitia befahl ihr, den Nubier zu holen.

Stumm warteten Laetitia und Tullia auf das Erscheinen des Schwarzen. Als er schließlich vor ihnen stand, wiesen sie ihn an, bis ganz nah an den Tisch zu treten, an dem sie saßen.

Ohne Vorwarnung hieb Tullia ihm mit der flachen Hand auf den Hintern. Seine muskulösen Pobacken waren so kräftig und stramm, dass sie durch den Hieb kaum zitterten. „Gut durchwachsen, dein junges Fleisch!" lobte Tullia und knetete an ihm herum. Dann zog sie an seiner kurzen weißen Tunika. Diese bildete einen hübschen farblichen Kontrast zu seiner dunklen Haut.

„Leg deinen Riemen auf den Tisch!" verlangte Tullia in einem ruhigen, beiläufigen Ton, als spräche sie über einen harmlosen Alltagsgegenstand und nicht über das Geschlechtsteil eines Mannes.

„Oh bitte, Herrin, er schmerzt!" sagte Obinna mit Leidensmiene. „Er war sehr lange und oft im Einsatz, heute wie gestern und in den Wochen davor." Hinzu kam, dass er Kopfweh hatte. Gestern am Tiber und auch später in den Räumlichkeiten der Sklaven, hatte er nämlich doch noch vom Wein getrunken, den Afra herumgereicht hatte. Da er alkoholische Getränke nicht gewohnt war, schlauchte ihn der gestrige Genuss des Weines schon den ganzen Tag. Zumal er im Hurenhaus auch heute ausdauernde Leistung erbracht hatte. Erst vor kurzem hatte er sich gewaschen und gehofft, sich nun im Schlafraum der Sklaven ausruhen zu können bei Speis und Trank. In seinem Schädel rumorte es. Seine Glieder schmerzten, und sein Gehänge war taub von der vielen Bockerei des heutigen Arbeitstages.

„Du sollst ihn nur auf den Tisch legen und nicht Kunststücke damit vorführen wie ein Artist mit einem Seil", erwiderte Tullia mit einem anzüglichen Lächeln. Laetitia lachte laut.

Mit gesenktem Blick nestelte Obinna den Saum seiner Tunika auseinander und holte seinen stattlichen Schwengel hervor. Vorsichtig, als wäre er äußerst zerbrechlich oder verletzlich, legte er sein Geschlechtsteil auf den Tisch. Stolz und prall lag es da, selbst im schlaffen Zustand fast so lang wie die Elle einer Frau. Dicke Adern pulsierten auf der schwarzen Schlange. Die dunkle Eichel lag rund und rau auf dem Holz des Tisches. Sie war größer als eine reife Aprikose. Sein Sack hingegen hing schlaff nach unten, leergemolken wie das Kuheuter von einem besonders eifrigen Knecht. Die Eier baumelten unterhalb der Tischkante und waren den Blicken der beiden Frauen entzogen.

„Ein ungewöhnlicher, sagenhafter Schwengel!" bemerkte Tullia verzückt. Sie konnte es kaum glauben, dass sie dieses riesige Ungetüm bereits in sich verspürt und genossen hatte. Zu gigantisch und erschreckend erschien es ihr jetzt, im noch hellen Licht des späten Tages, an einem so nüchternen Ort wie dem Besprechungszimmer im Hause Laetitias. Wann würde sie es wagen, sich den Schwengel wieder einverleiben zu lassen? War dazu ein rauschendes Fest nötig und einige Becher starken Weines, wie damals bei der wüsten Orgie im Juni? Von wegen! Sie nahm sich vor, sich das Vergnügen bei der nächsten passenden Gelegenheit wieder zu verschaffen.

„Wie viele Frauen hast du heute besprungen?" fragte Laetitia.

„Elf", antwortete Obinna.

„Immer noch kein volles Dutzend!" stellte Laetitia unwirsch fest. „Dein Werkzeug ist dafür gemacht, um Legionen wollüstiger Damen zu begatten."

„So ist es wohl", bestätigte Obinna leise. Sein Schwengel lag immer noch auf dem Tisch, ein absurder und ordinärer Anblick.

Tullia überlegt kurz und fixierte den Sklaven mit ruhigem, leerem Blick. Dann sprang sie mit einem schnellen Ruck auf, den man ihr für ihr Alter gar nicht zugetraut hätte, und holte aus. Mit einem raschen Schlag knallte sie ihre Faust in Richtung des Schwengels auf den Tisch. Mit geübtem Reflex zog Obinna seinen Schauch weg und sprang nach hinten. Sein gewaltiges Gehänge wippte massig und schwer hin und her. Der Schlag Tullias ging ins Leere. Wirkungslos lag ihre faltige kleine Faust auf der Tischplatte, dort, wo vor einem winzigen Augenblick noch der Prügel Obinnas gelegen hatte.

„Um Himmels willen!" schrie Laetitia erschrocken auf und hielt sich schockiert die Hände vor den Mund. „Seid ihr verrückt geworden! Lasst sein Werkzeug heil!"

Tullia zog triumphierend den Arm zurück und rieb sich die schmerzende Faust. „Sehr, sehr gute Reflexe", urteilte sie anerkennend. „Er beherrscht sein Gerät so fingerfertig und behände, dass es eine wahre Freude ist. Nicht nur beim Bocken, sondern auch im Alltagsgebrauch." Sie verfiel in ein hohes, greisenhaftes Wiehern, das ihren ganzen dürren Körper durchschüttelte. „Er hat sein wüstes Gehänge in einer Geschwindigkeit weggezogen, als hätte ich ein scharfes Beil nach ihm geworfen, anstatt nur eine schwache Weiberfaust erhoben!"

Nun fing auch Laetitia an zu lachen und schüttelte den Kopf. „Oh Tullia, ihr seid eine hoffnungslose Närrin! In höchstem Maße unberechenbar und übermütig auf eure alten Tage!"

Verstohlen verpackte Obinna sein baumelndes Werkzeug in seiner weißen Tunika, begleitet vom albernen Lachen der beiden Frauen. Mehr denn je wünschte er sich, weit weg zu sein von diesem schamlosen Rom, das ihn in seinen mächtigen Klauen gefangenhielt und ihn nicht nur gewinnbringend auswrang, sondern ihn auch der Lächerlichkeit preisgab und ihn verhöhnte. Stumm biss er die Zähne zusammen und schwor sich, jede gute Gelegenheit zu nutzen, die sich ihm zu einer Flucht bieten würde.

***

„Wo ist Cecile?" fragte Magnus kauend. Seine dicken Backen wackelten hin und her. Er tat sich bereits an geschmorter Ente gütlich, noch bevor seine Gattin mit dem Essen begonnen hatte.

„Sie ist unpässlich", sagte Laetitia und setzte sich. „Sie sagt, sie verspüre eine starke Müdigkeit und wolle schlafen, ohne zu essen."

Gleichgültig griff sich Magnus mit den Fingern eine gebackene Kartoffel und ließ sie sogleich fluchend auf den Teller zurückfallen, weil sie so heiß war. Unwirsch nahm er zwei silberne Messer und begann, die Kartoffel damit grob zu bearbeiten, um sie in mundgerechte Stücke zu zerteilen. Wenn seine Tochter, diese hochmütige und launische Ziege, nicht am Abendessen teilnehmen wollte, so war das ihre Angelegenheit. Mit ihren neunzehn Jahren war sie alt genug, sich allmählich von ihren Eltern abzunabeln. Das hatte den Vorteil, dass er selbst weniger Aufwand und Ärger mit den Pflichten der Erziehung hatte. Wobei er geflissentlich übersah, dass er die Erfüllung dieser Pflichten ohnedies nie wirklich ernst genommen hatte.

Zufrieden stopfte er sich Kartoffelstücke in den Mund, nachdem er sie in einen Tontopf mit geschmolzener Butter getaucht hatte. Hungrig biss er große, fettglänzende Fleischstücke aus Keulen, Flügel und Brust der Ente. Behaglich grunzend ergriff er Trauben, Bratäpfel, in Essig eingelegte Eier und Melonenstücke. Er verschlang alles durcheinander in einem bunten Wechsel aus salzig, sauer, süß und bitter.

„Wie steht es um deine Handelspläne?" fragte Laetitia und nahm sich geziert mit gespreizten Fingern ein Stück Ente. „Was hat dein Kaufmannsbündnis vor?"

„So allerhand!" sagte Magnus vollmundig. „Wir werden bald Handel treiben in einem noch nie dagewesenen Ausmaß." Er schwieg einige Augenblicke, um die Wirkung seiner Worte voll auszukosten. „Ägypten heißt das Ziel", verkündete er schließlich. „Die Hafenstadt Alexandria. Weit, weit weg im Osten gibt es einen Bedarf für Waren, wie sie bei uns eher gewöhnlich und preiswert sind. Im Gegenzug lassen sich dort günstig Dinge erwerben, die sich bei uns mit großen Gewinnen weiterverkaufen lassen."

„Welche sind das?" wollte Laetitia wissen. Sie sah ihn über den Rand ihres Wasserglases mit großen Augen an, als würde sie ihn anhimmeln. In Wirklichkeit arbeitete in ihrem Kopf bereits eine Art Rechenschieber, um sich auszumalen, was wohl für gigantische Summen an Geld bei diesen Geschäften herausspringen mochten. Und wie viel davon wohl bei ihr hängenbleiben würde.

„Feinstes Tuch aus Alexandria. Gewürze der erlesensten und teuersten Sorte, die zum Teil selbst in Rom noch völlig unbekannt sind. Für die werden die reichen Römer ein Vermögen bezahlen! Sklaven. Edelsteine. Kleine Äffchen. Einfach alles, was du dir denken kannst. Und auch so einiges, was du dir noch nicht vorzustellen vermagst." Er grinste breit. „Diese Reise ist schon so gut wie vollständig geplant. Mitte oder Ende des Monats September könnten wir schon aufbrechen und mit einer Galeere gen Alexandria reisen." Er sah sie betrübt an. „Natürlich wäre ich recht lange fort, mein Liebling. Das Unternehmen wird wohl bis zum Frühjahr dauern."

Laetitia nickte mit gespielter Anteilnahme. „So lange warst du noch nie fort, mein werter Gemahl", sagte sie. „Aber wenn es im Sinne des Geschäftes ist..." Sie zuckte mit den Schultern, als wolle sie sagen: *Ja, du und ich, wir müssen schon Opfer bringen für unseren bescheidenen kleinen Wohlstand.*

„Eben", bestätigte er. „Im Sinne des Geschäftes." In Gedanken fügte er hinzu: *Und im Sinne der Freiheit! Im Sinne der Reiselust! Im Sinne der Ehemüdigkeit! Im Sinne des Herumhurens! Im Sinne des Überdrusses, was dieses stinkende, verkommene Rom angeht!*

„Diese Reise wird deiner Karriere guttun", sagte Laetitia stolz. „Sie wird dich womöglich zu einem der einflussreichsten und vermögensten Kaufleute Roms machen."

„Sicherlich", antwortete Magnus und stopfte sich ein großes Kartoffelstück in den Mund. „Nochmä as ichäas jetzsch onbin." *Noch mehr, als ich es jetzt schon bin.*

Laetitia nickte und schloss die Augen. Wie erfolgreich würde sie in der Zeit seiner Abwesenheit ihr Hurengeschäft vorantreiben können! Was für sagenhafte und abnorme, abgrundtief dekadente Orgie würde sie feiern! Ein tagelanges, nein *wochenlanges* Bespringen und Fressen, Fressen und Bespringen würde es geben... wie ausgelassene, parfümierte Schweine in einem gigantischen Luxus-Stall würde sie sich mit ihren Freunden gebärden! Sie lächelte ihn aufmunternd an. „Du schaffst das, mein edler Gatte", sagte sie. „Ich wünsche dir gutes Gelingen bei den Vorbereitungen."

Zufrieden über so viel Zuspruch, machte sich Magnus über den Rest der Ente her.

***

Dumnorix schlich mit schmerzendem Unterleib die breite Marmortreppe hinauf zu den Gemächern der jungen Herrin. Sie hatte nach ihm rufen lassen. Was diese Verrückte wohl mit ihm vor hatte? Ihm schwante nichts Gutes, schien die neunzehnjährige Cecile doch mindestens so abartig und pervers zu sein wie ihre Mutter Laetitia. Er hatte noch nicht die Zeit gefunden um zu essen, war hungrig und durstig. Den ganzen Tag waren er, Obinna, Afra und die vier Mannhuren den Kundinnen und Kunden im Bordell zu Willen gewesen. Jetzt galt es also noch eine Anordnung oder Aufgabe auszuführen. Auf Geheiß der jungen Cecile. Hoffentlich die letzte Arbeit des Tages!

„Endlich bist du da, Sklave! Warum hat das so lange gedauert?" empfing ihn Cecile mit finsterem Blick. Sie ruhte auf einer bequemen Liege und räkelte sich auf den teuren Seidenkissen. Ihr schlaksiger, hellhäutiger Körper steckte in einer gelben Tunika. Die Sommersprossen auf ihrer Haut schimmerten in einem aufreizenden Orange. Um ihre hübschen, graugrünen Augen hatte sie Lidschatten aufgetragen, eine Mischung aus Öl und Ruß. Sie duftete am ganzen Leib nach einem blumigen, schweren Parfüm.

Dumnorix sagte nichts. Er schwieg mit dem trotzigen Selbstbewusstsein eines Mannes, der weiß, welch stramme Leistung er am heutigen Tage vollbracht hatte und wie mies es ihm gedankt wurde.

„Runter mit dem Fetzen!" herrschte Cecile ihn an und deutete auf Dumnorix´ Tunika. Sie war aus einfachem, grobem Stoff, aber frisch gewaschen. Er entkleidete sich gehorsam und stand sogleich nackt vor der jungen Frau.

Cecile starrte auf das gerötete Gehänge des Galliers. Es war stramm anzusehen, wenngleich weit weniger imposant wie der Schwengel seines Kollegen, des Nubiers. Der Sack allerdings bot einen trüben Anblick: Er sah aus wie die verschrumpelte, leergesaugte Pelle einer Wurst.

„Hast du deinen Prügel reichlich in Gebrauch gehabt heute?" fragte Cecile kühl.

„Ja."

„Wie oft?"

„Ein halbes Dutzend Mal."

„Das ist wenig. Zu wenig für meine Mutter, die stets den maximalen Erfolg im Auge hat."

„Ich habe eurer ehrenwerten Mutter etliche Sesterzen eingebracht heute."

„Es geht immer *noch mehr*. An guten Tagen sollte man immer sein Bestes geben. Schlechte Tage, an denen wenig geht, kommen genug. Es gilt, die guten

Tage leistungsbereit bis zum Anschlag zu nutzen."

„Da habt ihr wohl Recht, junge Herrin." Dumnorix sah zu Boden. Ihm war, als bewege er sich auf sehr dünnem Eis. Cecile war zwar die unerfahrene und unreife Tochter der Herrschaften, hatte aber eine nicht zu unterschätzende Macht. Gleichwohl war ihm auch bewusst, dass nicht *er* das beste Pferd im Hurenstall des Hauses war und damit eher zu ersetzen als der außergewöhnlich begabte Obinna.

„Wie fühlt sich so ein Mannsbeutel an, wenn er durch mehrere Bespringungen seines Saftes beraubt ist?" fragte Cecile spitz. Dumnorix sagte nichts. Er schluckte. Sein Adamsapfel hüpfte auf und ab. „Auf, auf!" Cecile klatschte herrisch in die Hände. „Berichte es mir, Sklave! Jetzt und auf der Stelle!"

„Mein… Beutel… fühlt sich nicht gut an", gab Dumnorix mit matter Stimme zu. „Er ist etwas taub und die Eier darin schmerzen, als würden sie unter großen Anstrengungen die Trockenheit in sich bekämpfen, die umso mehr entstanden ist, je mehr Saft aus ihnen gepumpt wurde."

„Aha. Der Lagerraum der wertvollen Sacksuppe wird also sozusagen unter Aufbietung aller Kräfte wieder gefüllt", fabulierte Cecile erheitert. Ihre trübe Stimmung hellte sich allmählich auf. Das Verhör begann ihr Spaß zu machen. „Wie lange hält ein solcher Zustand an?" wollte sie wissen.

„Nun ja, so entleert wie der Sack jetzt ist, dauert es wohl ein paar Stunden, bis zumindest die Schmerzen in den Eiern nicht mehr zu spüren sind", gab Dumnorix etwas verlegen zu.

„Und wann ist der Sack wieder rund und prall und bereit, neue Fontänen des Eiersaftes auszustoßen?"

„Das kann Tage dauern. Ist der Schwengel jeden Tag aufs Neue in regem Betrieb, so ist der Eierbeutel nie voll und die Produktion der Suppe ruht zu keiner Stunde. Eine solche Situation ist für einen Mann auf Dauer sehr anstrengend."

„Dann heißt das also, dass ein fleißiges Hurendasein für euch Mannsbilder kräftezehrender ist als für ein Weib?" fragte Cecile schnippisch.

„Das weiß ich nicht", antwortete Dumnorix. „Körperlich wohl schon. Wie es tief drinnen im Kopf einer Frau oder in ihrer Seele aussieht, kann ich nicht sagen. Mag sein, dass eine Frau empfindsamer auf die ständig wechselnden Begatter reagiert und ihr ein solch reger Geschlechtsverkehr mit vielen wechselnden Partnern innerlich mehr zusetzt als einem Mann."

Cecile pfiff spöttisch durch die Zähne. „Sieh an, sieh an", sagte sie mit hochgezogenen Augenbrauen. „Ein Sklave spricht von *Seele!*" Sie kicherte. „Das ist ja, als ob ein Schaf davon spräche, ein Lied zu komponieren."

Dumnorix biss sich grimmig auf die Zunge. Was für ein junges kleines Scheusal die Tochter des Hauses doch war! Hinter der schönen Fassade mit den edlen Gesichtszügen mochte gar eine Art Dämonin stecken, deren wahre Pläne und Teufeleien erst noch in späteren Jahren zum Vorschein kommen würden. Mit einem Mal wurde ihm klar, dass die momentanen Anstrengungen und Leiden seines Lebens vielleicht nur ein Vorgeschmack auf das Kommende waren. Jederzeit mochte noch weit Schlimmeres über ihn und seinesgleichen hereinbrechen! Er war nichts weiter als ein Spielball in den Händen seiner Herrin und konnte in jedem Augenblick seines Daseins belohnt oder zerquetscht werden.

Cecile setzte sich in ihrer Liege aufrecht und beugte sich vor. Sie musterte das Gehänge das Galliers genauer.

„Ganz rot ist er, der Schwengel. Und schrumpelig."

Dumnorix nickte. „Er ist arg geplagt worden heute", sagte er.

„Vielleicht täte eine Salbe gut?" mutmaßte Cecile.

Er sah sie überrascht an. Selbst nur diesen kleinen Ansatz von Fürsorge hätte er von der eiskalten jungen Göre nicht erwartet. „Ja, Herrin", gab er ihr Recht. „Eine Salbe würde wohltun. Wenn ihr die Güte hättet, mir und den anderen Männern eine zu verschaffen…?"

Cecile nickte langsam, stemmte dann die Arme in die Hüften und verkündete: „Ich werde mich darum kümmern, dass du eine passende Salbe erhältst für dich und die anderen Mannsböcke. Meinetwegen kann auch das blonde Hurenweib aus dem Germanischen Wald ein pflegendes Öl bekommen, um sich die malträtierte Spalte zu kurieren." Dann deutete sie grinsend auf das Gehänge des Sklaven. „Aber erst melkst du dir nochmal den Schwengel, vor meinen Augen und jetzt!"

Entgeistert starrte er sie an. Sein Schwengel fühlte sich an, als wäre er von einem tollwütigen Affen durchgekaut worden. Tief in seinen Eiern pochte ein dumpfer Schmerz, als fräße sich darin eine hungrige Riesenraupe satt.

„Oh, bitte, Herrin…" stammelte er. „Ich kann nicht… Schon die letzte Kundin hat mir alles abverlangt und es war eine Qual für meinen Kolben, sie noch bedienen zu müssen."

„Unsinn! Du faules Stück!" herrschte Cecile ihn an. „Fange nun an. Ich warne dich, wage es nicht meine Geduld auf die Probe zu stellen! Ich will sehen, wie du deinen Schwengel zum Wachsen bringst! Ich will erleben, wie du deinem Werkzeug nochmal die volle Leistung abverlangst!" Sie weidete sich an seinem gequälten Blick. „Du solltest mir dankbar sein, Sklave", sagte sie. „Sieh es als eine Übung an, als ein Training. Denn was du in den nächsten Jahren deines Hurendaseins vollbringen wirst müssen, wird alles bisher Dagewesene in den Schatten stellen. Ihr Mannshuren werdet alle noch viel mehr bocken müssen als der gefragteste Zuchtbulle des ganzen Römischen Reiches."

Dumnorix seufzte und begann, langsam und vorsichtig mit der rechten Hand seinen Schwengel zu massieren. Ihm war, als reibe ein Waschbrett an seinem Schritt, obwohl er versuchte sehr behutsam vorzugehen. Der Schwengel machte keine Anstalten sich aufzurichten, als befände er sich im Streik. In Erwartung der baldigen Abverlangung weiteren Schleimes fingen die Eier an schmerzhaft zu protestieren und pulsierten heiß und dumpf im leergemolkenen Sack.

„Hoch mit dem müden Prügel!" befahl Cecile. „Wenn er in wenigen Augenblicken nicht steil nach oben ragt, rufe ich die Köchin Xandra und er landet morgen im Eintopf!" Ihr helles Gelächter deutete an, dass sie es damit nicht ernst meinte. Doch Dumnorix verspürte alles andere als Erleichterung oder Beruhigung. Verkrampft keulte er an seinem Gehänge herum und betete zu den Göttern, dass sie ihm helfen mochten, seinen Kolben aufzurichten. Alle Adern und Sehnen darin schienen zu brennen und sträubten sich gegen seine Anstrengungen. Der Schwengelkopf fühlte sich heiß und rau an wie Wüstensand. Bei jedem Vor- und Zurückschnellen der Vorhaut war ihm, als würde sie gleich reißen und sich von der Eichel lösen. Ohne Zweifel war sein lahmes Bockwerkzeug schon über alle Maßen beansprucht worden und kurz davor, vollends den Dienst zu versagen.

Endlich kam etwas Leben in die scheintote Schlange! Unendlich träge begann sie sich aufzurichten. Der Schwengel zitterte unter der rotierenden Hand des Galliers. Der Schwengelkopf glühte rot und trocken. Wo sonst unter ähnlichen Bedingungen bereits einige Tropfen des weißtrüben Eiersaftes aus der Eichelöffnung herausgetreten wären, herrschte jetzt ein unbarmherziger Mangel. Schwengelschleim hätte etwas Erlösung gebracht, den Kolben befeuchtet und das schmerzhafte Melken geschmeidiger gemacht. So aber meinte Dumnorix fast von der Körpermitte her zu verbrennen! Es fing an entsetzlich weh zu tun. Der Kolben hob sich noch etwas höher und stand nun bereits in einem steilen Winkel nach oben, hart und erhitzt wie ein Felsen in der Mittagssonne.

„Oh ihr lieben Götter!" ächzte Dumnorix verzweifelt und warf einen Blick auf die gemeine Cecile. Die stand grimmig und mit verschränkten Armen da und beobachtete das Schauspiel wie die Besitzerin eines Kampfhahnes, die ihrem Tier in einem blutigem Spiel auf Leben und Tod zusieht.

„Wird noch Saft herausschießen?" fragte Cecile stirnrunzelnd. Sie leckte sich mit der Zunge über die Lippen. Es faszinierte sie, wie sie einen Mann mit wenigen Worten dazu bringen konnte, das Letzte aus sich herauszuholen. Macht war doch etwas Wunderbares, Göttliches! Sie war es in ihren Augen wert, dafür zu töten oder getötet zu werden.

Der schnauzbärtige Sklave schwitzte und wankte von einem Bein aufs andere. Irgendwo in seinem hin- und her wirbelnden Sack schien ein allerletzter Rest der kostbaren Eiersuppe anfangen zu brodeln wie Lava in einem Vulkan. Jedoch hatte dieses Aufkochen des Saftes einen drohenden, unheilverkündenden Beigeschmack. *Was, wenn gleich eine dunkelrote Fontäne aus Blut aus meinem Schwengel schießt?* wimmerte ein Gedanke immer wieder im fiebrigen Hirn des Galliers. *Was, wenn dieses Melken meinen unwiderruflichen Untergang bedeutet?*

Unbeirrt wie ein Trupp Ameisen kroch der Schwengelschleim in die Wurzel seines Kolbens. Kitzelnd, pochend, schmerzend. Dumnorix biss abwechselnd die Zähne zusammen und riss japsend den Mund weit auf. Fasziniert verfolgte Cecile seine entarteten Grimassen. Aufgeregt nestelte sie am Gürtel ihrer Tunika herum.

Plötzlich schien der Sklave zu sterben, als sei er von einem spitzen Schilfpfeil getroffen worden oder vom scharfen Schaft eines Speeres. Er bäumte sich auf und riss die Arme weit auseinander. Sein Oberkörper wurde nach hinten gerissen. Sein rotglänzender harter Schwengel vibrierte und zitterte hoch und nieder. Der faltige Sack kreiste zwischen seinen gekrümmten nackten Beinen. Ein dumpfes Stöhnen drang aus dem Mund des Sklaven, als läge er tatsächlich auf dem Sterbebett und würde bereits den Fährmann vor Augen haben, der ihn in den Hades brächte.

Und da war es! Das letzte Bisschen des Eiersaftes, das noch in seinem Hängebeutel rumort hatte, trat aus der Eichelöffnung hervor und sickerte über den heißgeschwollenen Mannskolben. Dumnorix jaulte leise wie ein gepeinigter Hundewelpe und sank dann auf den Steinboden. Dort wälzte er sich schmerzhaft zusammengekrümmt herum und gab leise Klagelaute von sich.

„Sagenhaft!" hauchte Cecile entzückt. „Du hast es in der Tat noch einmal geschafft und den Bockprügel auf Vordermann gebracht!" Sie stand auf und sah zu dem Gallier hinunter. „Dafür hast du dir die teure Salbe verdient. Ich werde sogleich eine Dienerin anwiesen, sie euch in die Sklavenräume zu bringen." Sie verschwand.

Dumnorix lag am Boden. Der Marmor wirkte angenehm kühlend auf seinen Schritt, der in Flammen zu stehen schien. In seinem erhitzten Gehirn kreisten Gedanken um Freiheit und Friede, um Erbarmen und Entkommen. Er wusste eines: Alt würde er in diesem Herrschaftshaus und unter diesen Umständen nicht werden. So oder so nicht!

Kapitel 15:

DAS SIGNUM DER ROTEN LATERNE

Ächzend hockte Dumnorix über die Latrine gebeugt und presste. In ihm brodelte und rumorte es. Sein Darm war in Wallung. Jedoch schien seine Hinterpforte wie mit Eichenbrettern verbarrikadiert. Angestrengt drückte und drückte er, lockerte den Schließmuskel und bewegte seine Schenkel in der Hocke hin und her. Nichts!

„Ihr guten Götter, steht mir bei! So helft mir!" betete er leise. „Befreit mich von meinem Ballast! Macht, dass der Darmdreck meinem Körper entweicht, ohne dass die Gedärme durch das Pressen Schaden nehmen." Im tiefsten Innern befürchtete er, durch den ausgeübten Druck auf Muskeln und Gedärme in Gefahr zu geraten zu zerreißen. Was für ein jämmerlicher, schändlicher Tod würde das sein, in tausend Teile zu bersten und auf einer stinkenden Latrine sein Leben auszuhauchen! Er, Sohn eines stolzen, im Kampfe gefallenen Galliers; selbst Gallier von reinstem Blut, ehrenvoll und tapfer, wenngleich durch bedauerliche Umstände in demütigender Gefangenschaft lebend.

Das Brodeln und Gären in ihm wurde lauter. Ein schnarrender Wind entwich seiner Hinterpforte. Der Vorbote des Kommenden, der mit lauter Fanfare die Entleerung des Darmes ankündigte. Dem Wind folgte sogleich ein übler Gestank.

Dumnorix sehnte sich danach, endlich eine braune Wurst zu gebären, die dann mit einem erlösenden Platschen für immer in der Latrine verschwinden würde. Hinaus mit dem unnützen Kotwurm! Keuchend wand er sich, auf dem hölzernen Rand des kreisrunden Lochs hockend, und verkrampfte seinen Unterleib. Draußen vor der Latrine hörte er Stimmen. Ein heller, kalt klingender Befehlston, der vom oberen Stockwerk zu kommen schien. Vermutlich Laetitia, die auf unmissverständlich harsche Weise einen ihrer Wünsche äußerte. Abermals ertönte ein lauter Wind aus Dumorix` Hinterpforte. Er hoffte, dass dieses Geräusch nicht nach außen drang. Die Latrine war nur durch einen schweren Vorhang aus altem Kuhleder abgeschirmt. Sie befand sich zwar abseits der Herrschaftsräume im Trakt der Sklavenunterkünfte, jedoch in der Nähe der breiten Marmortreppe, die hinauf zu den Gemächern der Herrschaften führte. Der Gallier wusste nicht, ob es in diesem Hause eine Strafe gab für Sklaven, die zu laute Darmwinde von sich gaben. Laetitia war alles zuzutrauen. So fühlte sich Dumnorix nun in zweifacher Hinsicht unter Druck gesetzt: Zum einen durch sein Bemühen, sich endlich erleichtern zu dürfen. Zum anderen durch die in der Nähe weilende Herrin, die von seinem intimen Geschäft nichts mitbekommen sollte.

Resigniert wollte Dumnorix aufstehen und sich seine Tunika, die er von vorne über den Kopf gestülpt hatte wieder über den Leib ziehen. Da schien sich plötzlich sein Darm zu winden wie eine Schlange beim Häuten! Mit einem Mal fühlte sich seine Hinterstube prall gefüllt an, als ob sie kurz davor wäre zu platzen. Schnell bezog Dumnorix wieder Stellung und bewegte sein nacktes Hinterteil über die Öffnung der Latrine. Welch grandiose Wurst mochte sich jetzt den Weg ins Freie bahnen, nur um sogleich von den ewig schwarzen Tiefen der Abwasserkanäle verschlungen zu werden? Zum Glück verfügte die Villa der Herrschaften Magnus und Laetitia über eine direkte Anbindung zur Cloaca Maxima.

Der Sklave senkte den Kopf und bog ihn nach unten, um zwischen seinen gekrümmten Beinen hindurchsehen zu können. Das, was sich da nun anschickte, durch seine Hinterpforte hindurchzugleiten, erschien ihm in seiner Vorstellung so groß und mächtig wie der Rüssel eines Elefanten. Denn das Druckgefühl in seinem Darm war enorm. Er wusste aufgrund der Erfahrung tausender Darmentleerungen, dass harter Kot wehtun konnte, wenn er in solider Wurstform aus dem Hintern trat. Die Muskeln seines Gesäßloches würden in einem solchen Fall hinterher noch stundenlang schmerzen.

Seine Sorge war unbegründet. In der Zeit weniger Wimpernaufschläge geschah die Kot-Ernte rasch, laut und extrem unappetitlich. Begleitet von einem sehr lauten, schmierigen Brabbeln quoll der Inhalt des Darmes aus demselben heraus in die Latrine und besudelte dabei den Rand der Latrinenöffnung. Als ob ein großer Schwarm zorniger Hornissen umherschwirrte, verkündete sein stark beanspruchtes Gesäßloch den energischen Hinauswurf des stinkenden, unliebsam gewordenen Gastes. Dumnorix fing an erleichtert vor sich hinzustöhnen. Ihm war, als würde er schlagartig enorm an Gewicht verlieren. War also sein Pressen schließlich doch noch von Erfolg gekrönt!

Der Gestank war unheuerlich. Es roch mit einem Mal wie auf einem

Schlachtfeld, auf dem seit Wochen tausende toter Krieger in der Sonne verwesen. Obwohl er selbst der Urheber der Exkremente war, drohte Dumnorix fast umzukippen, als er roch, was er da zu Tage befördert hatte. Unten, im schwarzen Loch der Latrine, verschwand das Allermeiste des unheiligen Darmdrecks für immer. Die Geruchsfahne, die er hinterließ, breitete sich jedoch stark aus und hielt sich hartnäckig in dem kleinen Raum.

Dumnorix stützte sich mit den Händen am Boden ab, um nicht umzufallen. Draußen in der Nähe des ledernen Vorhangs hörte er Stimmen.

„Was war das?"

„Was meinst du?"

„Dieses Geräusch! Es klang soeben, als würde eine Horde übermütiger Schweine ins Haus gelangen und herumtoben!"

„Ich schaue gleich mal nach."

Dumnorix konnte die Stimmen nicht identifizieren. Jedenfalls waren es Frauenstimmen. Die Köchin Xandra vielleicht und eine Sklavin. Ihm war leicht schwindelig. Nur langsam beruhigte sich sein Gedärm wieder. Sein Gesäßloch zuckte, als würde weiterer Darmdreck nur darauf warten, hinausgeschossen zu werden. Doch es fielen nur noch wenige matschige kleine Brocken Kot aus der Hinterpforte.

Die erwartete Wurst war eher eine Wurstsuppe gewesen und hatte sich auf Nimmerwiedersehen verabschiedet! Der braune Gast war für immer in die weite Welt der Cloaca Maxima hinausgezogen.

„Gute Reise!" keuchte Dumnorix ermattet und stand langsam auf. Er durfte keine Zeit verlieren. Nicht nur sein Gesäß war zu reinigen, sondern auch der kotbeschmutzte Rand der Latrinenöffnung. Er griff sich mit der rechten Hand die Schöpfkelle, um Wasser aus dem steinernen Bottich über seinen Hintern laufen zu lassen. Mit der linken Hand säuberte er ihn.

Noch wusste er nicht, dass diese anstrengende Morgentoilette bereits der angenehmste Teil dieses Tages gewesen war. Was ihm in wenigen Stunden bevorstand, sollte ihn in ein Reich abgrundtiefer Angst und Schmerzen führen.

***

„Wohin des Weges, blonde Sklavin?" fragte Laetitia und stellte sich Afra in den Weg. Die Germanin sah bezaubernd aus: Ihr zurückgebundenes, helles Haar fiel wie ein blonder Wasserfall über ihren wohlgeformten Rücken. Einzelne Strähnen umrahmten ihr schönes, schlankes Gesicht. Ihre blauen

Augen leuchteten wie das klare Meerwasser eines Strandes im Sonnenlicht. Die Haut war fast weiß und an einigen Stellen etwas von der Sonne gerötet, auch im Gesicht. Das verlieh ihr den Ausdruck ständiger Verlegenheit und Scham. In Verbindung mit der hurenhaften Kleidung, die sie trug, wirkte das wie ein erotisierender Kontrast. Ihre Tunika war aus teurer gelber Import-Seide gefertigt. Die Sandalen bestanden aus dunkelbraunem Kalbsleder und waren bis fast kniehoch geschnürt. Die Lederriemen wurden von kunstvoll geschmiedeten Bronzeringen zusammengehalten.

„Ich muss doch… zur Arbeit", sagte Afra schüchtern und wagte es kaum, ihre Herrin anzublicken.

„Ins Hurenhaus, ja", stellte Laetitia fest. „Doch heute nicht. Ihr alle habt einen freien Tag und müsst nicht arbeiten. Den anderen Sklaven lasse ich sogleich auch Bescheid sagen."

„Das ist sehr großzügig. Vielen Dank, Herrin", meinte Afra freundlich.

„Danke mir nicht zu früh, schöne Barbarin", erwiderte Laetitia und lächelte. „Der heutige Tag bleibt arbeitsfrei für alle Huren. Jedoch werdet ihr ihn nicht zur freien Verfügung haben. Er dient eurer Verschönerung. Wir werden eure Körper heute schmücken mit einem immerwährenden, beständigen Zierschmuck." Ihr Lächeln dauerte ungewöhnlich lange und war nicht recht zu deuten.

Afra schluckte beunruhigt. Was meinte ihre Herrin damit? Führte sie eine gute oder eine schlechte Tat im Schilde? Am Ende gar irgendeine wahnsinnige Teufelei?

„Wir werden alle zusammen in die Stadt gehen, in etwa vier Stunden, wenn die Mittagssonne etwas nachgelassen hat", sagte Laetitia. „Der Schmied weiß schon Bescheid und trifft Vorbereitungen. Lass dich überraschen, meine Liebe! Es mag zwar zunächst etwas merkwürdig und verstörend erscheinen. Aber heute Abend wirst du etwas dein Eigen nennen dürfen, was für immer dir gehört und was dir keiner jemals wird wegnehmen können." Sie zwinkerte ihr verschwörerisch zu.

Afra nickte höflich. Ihre Beunruhigung aber wurde größer. Im Stillen hoffte sie, von ihrer Herrin tatsächlich auf eine freudvolle Art überrascht zu werden. Vielleicht war Laetitia ja stolz auf die Leistungen ihrer Sklavenhuren und wollte sie großzügig belohnen? Ihnen sogar die Freiheit schenken? Die Freiheit war etwas, was man als befreite Sklavin sein Eigen nennen durfte und was einem mit etwas Glück niemand jemals wegnehmen würde. Aber was hatte der Schmied damit zu tun?

Afras Grübeln hatte ein Ende, als sie von Laetitia auf den nackten Boden der Tatsachen zurückgeholt wurde. „Du wirst mir jetzt zu Willen sein", sagte sie und musterte die junge Sklavin von oben bis unten. „Sehr angenehm, dein Anblick heute. Devot und vulgär, schamhaft und verdorben zugleich! Eine sehr prickelnde Ausstrahlung hast du, Sklavin. Ich möchte, dass du mir nun Lust bereitest auf eine noch nie dagewesene Weise. Wir haben noch reichlich Zeit bis zu unserem Besuch beim Schmied." Sie gab Afra einen Wink und ging voran. Die Sklavin folgte ihr ins Schlafgemach.

Dort angekommen, riss Laetitia sich die Tunika vom Leib, so dass sie sogleich völlig nackt vor der verlegenen Sklavin stand.

„Heute ist ein großer Tag!" verkündete sie. „Nicht nur, dass du heute Nachmittag dein Geschenk erhältst. Ich zeige dir jetzt, was es heißt, ein Weibsmann zu sein. Du wirst mich bedienen, so wie es ein Mann zu tun vermag." Sie genoss den Anflug von Angst, den sie in den Augen ihrer Sklavin las. „Vielleicht sogar noch etwas besser", fügte sie grinsend hinzu. „Das Erlernte kannst du dann sogleich benutzen, um deine Arbeit im Hurenhaus damit anzureichern."

Laetitia wies Afra an, sich zu entkleiden, die hochgeschnürten Sandalen aber anzubehalten. Dann zeigte sie ihr einen länglichen Gegenstand, den sie aus einer Holztruhe hervorholte. Er war in ein kostbar aussehendes Tuch gewickelt. Sie entfernte langsam und würdevoll die Verpackung.

Afra staunte nicht schlecht, als sie das Ding näher betrachten durfte. Es war geformt wie eine stattliche Banane, aber nicht gekrümmt, sondern ziemlich gerade. Geschnitzt war es aus einem exotischen, sehr harten Holz und stellte zweifellos einen Mannesschwengel dar.

„Er ist nicht so groß wie der deines Kollegen, des Nubiers", bemerkte Laetitia. „Aber das ist nicht so wichtig. Er wird seinen Zweck gut erfüllen, sofern du es verstehst, damit geschickt umzugehen. Wirst du das?" Sie sah Afra in ihre wunderschönen blauen Augen.

„Ja", antwortete diese eingeschüchtert. „Ich werde mir Mühe geben."

An dem Holzschwengel baumelte ein doppeltes Band aus geflochtenem Leder, welches mit Hilfe zweier Löcher befestigt war. Ein beweglicher Holzaufsatz am Schaft des Schwengels sorgte dafür, dass dieses Liebeswerkzeug gut zu benutzen sein würde. Afra war intelligent und begriff schnell, wie das Ding funktionierte.

Laetitia half der nackten Afra, sich den Kolben umzuschnallen. Zuerst legten sie das Lederband um ihre Hüfte. Danach zurrten sie das Ding vor ihrem

Schritt fest.

„Es wird benutzbar sein wie ein Mannesprügel", versicherte Laetitia. „Du darfst nur nicht in einem zu schrägen Winkel stoßen, sonst rutscht es dir weg und ich könnte mir wehtun. Wenn du mir wehtust, lasse ich dich auspeitschen."

Afra nickte. Sie sah Laetitia, die begann, sich auf ihrer großen Schlafstätte auszustrecken. Gemächlich wie eine Schildkröte folgte sie ihr aufs Bett. Während ihre Herrin sich auf den weichen Kissen ausstreckte und räkelte, fing sie an sie mit der Zunge zu liebkosen. Sie wagte nicht, in die Nähe ihres Gesichtes zu kommen, geschweige denn, sie zu küssen. Das war dem Standesunterschied geschuldet. Es war unziemlich, den Kopf einer Herrin zu berühren oder dort gar ohne ihr Geheiß Intimes anzustellen.

Ausgiebig und zärtlich wanderte ihre Zunge über die Brüste Laetitias, massierte und umkreiste die hart gewordenen Nippel und zog Speichelspuren auf der erhitzten Haut der edlen Dame. Anschließend, ohne die geringste Eile zu zeigen, ließ Afra ihre Zunge in tiefere Regionen schweifen. Bauchnabel, Hüfte und die Innenseiten der Oberschenkel kamen jetzt dran. Die Scham mied Afra vorerst, um für ihre Herrin die Vorfreude auf die Leckerei zu erhöhen. Ständig passte sie auf, dass der umgeschnallte Holzschwengel nicht grob die Haut Laetitias berührte und ihr wehtun konnte. Ab und an streifte das Ding leicht ihren Körper. Da das Holz sehr fein geschnitzt, sorgfältig abgeschliffen und damit sehr glatt war, verursachte das bei zarter Berührung weder Schmerzen noch Kratzer.

„Gut machst du das", lobte Laetitia mit geschlossenen Augen.

Afra sog das seltene Lob in sich auf wie Honig. Es dauerte nicht lange, und ihre Zunge erreichte mit ihren Liebkosungen die Spalte der Herrin. Sie war bereits geschwollen, wenn auch nicht allzu sehr. Der Liebestau benetzte schon die inneren Schamlippen. Es schmatzte leise, als Afras Zunge in die Spalte fuhr und diese zart erkundete. Wieselflink umspielte sie das winzige Köpfchen oberhalb der Spalte. Dieses guckte daraufhin keck hervor und schwoll an zu einem neugierigen Zipfel. Afra begann daran zu lutschen. Laetitia wogte ihren Unterkörper hin und her. Die Sklavin leckte wilder, hemmungsloser, fordernder. Die Herrin machte Anstalten, sich aufzubäumen.

„Oh, du schamloses Luder!" keuchte sie, als wäre sie Wachs in den Händen einer mächtigen Person, die sie bedrängte. „Du elendes, triebhaftes Viehweib! Wie kannst du dich dermaßen säuisch verhalten, als wäre es die natürlichste Sache der Welt?"

Afra schwieg, wusste sie doch, dass eine Beantwortung der Frage nicht verlangt war. Diese gehörte lediglich zu der Rolle, die Laetitia offenbar zu spielen gewillt war: Die einer sexuell Bedrängten, deren unverlangte und rücksichtslose Begattung unmittelbar bevorstand.

Die Sklavin leckte nun, als gelte es, einen riesigen süßen Pudding aufzuessen. Laetita krallte ihre Hände in den blonden Haarschopf der Germanin und wühlte darin herum.

„Stoße nun!" stieß sie hervor. „Stoße, Weib, mit deinem abnormen Baumkolben! Stoße mich bis tief in deine Germanischen Wälder hinein!"

Ihre Spalte troff vor Wollust. Ein Schmiermittel war nicht nötig. Afra brachte sich in eine geeignete Stellung, die ihr ein kräftiges Bocken ermöglichen und gleichzeitig der Herrin nicht wehtun würde. Behutsam fühlte sie mit der geschnitzten Eichel des Schwengels vor, nestelte damit an der vibrierenden Scham der Herrin und wagte einige sanfte, winzige Stöße zwischen die beiden hellrot geschwollenen Schamlippen.

„Sau! Sau!" begann Laetitia zu schreien. „Sau! Drecksau!" Ihre schlanken langen Beine umschlangen die Hüfte Afras und versuchten, ihren Unterleib an den eigenen heran zu schmiegen. Angefeuert durch die herben Worte, nahm Afra nun keine Rücksicht mehr und fing an, in die erwartungsvolle Lustgrotte ihrer Herrin hineinzustoßen.

Laetitia stöhnte, als sie den harten Schwengel in sich eindringen spürte. Sie empfing ihn mit einer Geilheit, die von sprießender, kitzelnder Angst genährt wurde. „Furchtbares, grausames Bockweib!" schrie sie, außer Rand und Band und hektisch mit den Fingern in Afras Haar herumzerrend. „Dämonin des Hades! Ungeheuer aus der Unterwelt! Stoße mich hart! Stoße! Friss mich! Friss!"

Jetzt fing auch Afra an zu schreien. Sie fauchte ihre Wut und ihre Ängste hinaus, die sich in den vergangenen Wochen ihres Hurendaseins in ihr aufgestaut hatten. Sie zischte und schnaubte, während ihr wohlgeformtes, rundes Becken vor und zurückschnellte im Takt ihrer kraftvollen Bockstöße. Sie blickte nach unten, wo der hölzerne Schwengel in die Spalte hineinsauste und wieder hinaus, immer wieder in einem raschen Rhythmus. Beide Frauen schwitzten stark. Schweißperlen flogen nach allen Seiten. Der Schweiß roch nach einer Mischung aus säuerlicher Wollust und süßlichem Parfüm. Die Haare Afras schleuderten durch die Luft wie ein blonder Wirbelsturm. Ihr hübscher, fester Hintern wippte auf und ab.

Beim heiligen Zeus! dachte die alte Köchin Xandra. Sie stand hinter der Tür von Laetitias Schlafgemach und hielt die Hände vor den Mund gepresst. *Was für ein Glück, dass der gnädige Herr Magnus am Hafen ist und sich um sein Warenlager kümmert! Dieses widernatürliche, garstige Treiben würde ihm das Herz brechen!* Leise, damit sie niemand hören konnte, schlich sie von der Tür weg die Marmortreppe hinab. Es würde sie Mühe kosten, der Herrin später unvoreingenommen vor die Augen zu treten. Deren Eskapaden mit den verschiedensten Männern war sie allmählich gewohnt. Doch ein so schamloses Treiben mit einer Sklavin war zu viel des Guten!

Äußerlich empört, doch in ihrem tiefsten Innern auch neugierig und neidisch verzog sie sich in die Küche. Sie begann gedankenverloren mit der Vorbereitung einiger Speisen. Doch rastlos wanderte ihr Blick immer wieder zu dem Gemüsekorb, der an einer Säule hing. Obwohl sie das zum momentanen Zeitpunkt noch nicht wusste, würde sie sich dort bald bei den Zucchini bedienen. Die dickste von ihnen würde sie mit ins Bett nehmen und damit Dinge tun, die nichts gemein hatten mit der eigentlichen Bestimmung des Gemüses. Anschließend würde die Köchin skrupellos genug sein, die benutzte Zucchini zusammen mit Bratfisch zuzubereiten. Wobei das neue Aroma der Zucchini dann durchaus mit dem Fisch harmonieren würde.

***

„Sieben insgesamt?" fragte der Schmied und äugte aus seinen fetten Tränensäcken hervor. Er war ein sehr dicker Mann mit Hängebacken und lichtem Haar. Um den Leib trug er eine fleckige, dunkle Lederschürze. Abschätzend musterte er die Sklaven, die Laetitia in Begleitung von vier schwerbewaffneten Wärtern in seine Werkstatt geführt hatte.

„Sieben", bestätigte Laetitia. „Das bringt dir ein schönes Sümmchen Sesterzen."

„Nicht so viel wie die Beschlagung von sieben Pferden", brummte der Schmied.

„Dafür ist es weniger Arbeit."

„Auch wieder wahr. Obwohl, wenn man die Herstellung der Würfel hinzurechnet…" Der Schmied nahm einen Schürhaken zur Hand und wandte sich der Glut zu, die in einem steinernen Kamin glomm. Ehemals große Holzscheite waren zu rot leuchtenden Klumpen heruntergebrannt. Er stocherte in der Glut herum. Glühende Späne wirbelten auf. In der Schmiede herrschte eine starke Hitze. Die Luft schien zum Schneiden dick zu sein. Überall standen metallene Gegenstände herum, deren Funktion die Sklaven nicht einzuordnen wussten. An den Steinwänden prangten unzählige Hufeisen in allen Größen, sowohl aus Eisen als auch aus Bronze. Sie waren dort mit Nägeln zwischen den Steinfugen angebracht worden. Dominiert wurde der Raum von einem mächtigen schwarzen Amboss. Zahlreiche Gebrauchsspuren darauf zeugten vom Fleiß des Schmiedes.

„Er ist ein wahrer Meister seines Fachs", informierte Laetitia die Sklaven. „Heute wird er euch ein Bild schenken, das nach meinen Vorgaben entworfen wurde: Das Zeichen der roten Laterne!" Sie sah die Sklaven an, als erwarte sie stürmischen Beifall. Die schwiegen betreten oder gleichgültig. Jedenfalls schienen sie keine freudvollen Gefühle zu hegen in Erwartung des angekündigten Geschenkes, welches sie von ihrer Herrin erhalten würden.

„Habt ihr mehrere gemacht?" fragte Laetitia den Schmied.

Der nickte und wandte sich bedächtig um. Er legte den Schürhaken beiseite und ergriff einen kleinen Metallwürfel, der zusammen mit anderen in einer Kiste gelegen hatte. Laetitia nahm ihm den Würfel aus der Hand und beäugte ihn. Auf einer Seite hatte er merkwürdige Vertiefungen, die eine Art Muster bildeten.

„Etwas grob, aber ordentlich geformt", urteilte sie. „Er ist den vereinbarten Preis auf jeden Fall wert. Wie lange dauert es, ihn zu erhitzen?"

„Oh, viel zu lange, um darauf zu warten", antwortete der Schmied amüsiert. „Ich habe die anderen Würfel bereits in der Glut. Sie dürften soweit sein." Er trat zu der Feuerstelle und holte einen Lappen, der in einem schmalen hohen Wasserzuber gelegen hatte. Der Lappen war nass und tropfte, doch das schien den Schmied nicht zu stören. Seelenruhig näherte er sich dem Kamin und griff vorsichtig mit dem Lappen nach zwei Metallstäben. An deren oberen Enden prangten Holzgriffe. Die umwickelte der Schmied mit dem nassen Lappen. Dann packte er die Griffe und zog die Metallstäbe aus der Glut.

Erst jetzt konnten Afra, Obinna, Dumnorix und die anderen Sklaven in der halbdunklen, nur von Öllampen und der Feuersglut erhellten Werkstatt erkennen, dass es sich bei den zwei Metallstäben um ein komplettes Werkzeug handelte: Eine lange, schmale Zange, an deren Ende jetzt ein rotglühender Metallwürfel gehalten wurde. Ein ähnlicher Würfel wie der den Laetitia soeben begutachtet hatte. Dieser hier war immens heiß. Es zischte, als Wassertropfen vom Lappen auf das erhitzte Metall der Zange und des Würfels fielen.

„Wir fangen jetzt an", sagte der Schmied gleichmütig. „Wer ist der erste?"

Dumnorix und drei weitere Sklaven waren wie erstarrt. Sie begannen zu begreifen was ihnen jetzt blühte. Einer der Sklaven sah nur ratlos aus. Er war augenscheinlich schwer von Begriff und würde sehr bald auf drastische Art dazulernen. Obinna blickte ungerührt auf den glühenden Würfel und zeigte keinerlei Regung bis auf ein Stirnrunzeln. Afra war kalkweiß geworden, was ihre ohnehin bereits sehr helle Gesichtshaut fast gespenstisch erscheinen ließ. Gespenstisch aber wunderschön. Sie schluckte. In ihrem Mund war es mit einem mal so trocken wie in der Wüste. Das lag nicht nur daran, dass es in dem Raum heiß war.

„Wer will sein Geschenk als erster?" fragte Laetitia fröhlich und sah die Sklaven an.

Dieses Monstrum, dachte Obinna bitter. *Sie weidet sich daran, uns Angst einzuflößen. Jede Wette, das tut sie.*

„Ich", sagte er. Die anderen sahen ihn an, als hielten sie ihn für völlig verrückt. Der eine Sklave, der die Situation zunächst nicht begriffen hatte und dem jetzt allmählich das blanke Entsetzen im Gesicht stand, nickte eifrig und dankbar. Als brächte ihm der freiwillige Vortritt des mutigen Obinna nicht nur einen kleinen Aufschub vor den ungeheuren Schmerzen, die auf ihn warteten, sondern deren Vermeidung.

Zufrieden, als hätte sie es nicht anders erwartet, stemmte Laetitia die Arme in die Hüften. „Sehr tapfer, mein großer Bock!" pries sie ihn. Sogleich folgte ihre Anweisung an den Schmied: „Auf, ans Werk, Meister!"

Der Schmied näherte sich Obinna. „Wohin?" fragte er ihn.

„Auf sein Gesäß!" mischte sich Laetitia ein. „Schmied, das habe ich zu entscheiden. Nicht die Sklaven!"

„Verzeiht, ehrwürdige Herrin", sagte der Schmied kleinlaut. Und, zu Obinna gewandt: „Bück dich, Großer!" Kaum tat Obinna, wie ihm geheißen war, zog der Schmied ihm mit der linken Hand die Tunika bis zum Rücken hoch. Seine Rechte hielt die Zange mit dem glühenden Würfel. Es roch metallisch dumpf und irgendwie säuerlich.

„Er wird nicht still stehen", raunte er Laetitia zu, laut genug, dass ihn alle anderen hören konnten. Einer der Sklaven gab im Halbdunkeln ein leises Wimmern von sich.

„Doch, ich werde still stehen", sagte Obinna ruhig.

„Du vielleicht, aber die anderen nicht", antwortete der Schmied unwirsch. Die betäubend furchtlose und maskuline Ausstrahlung des Schwarzen provozierte ihn. Er selbst wäre in einer solchen Situation bereits in Angstschweiß gebadet.

Laetitia rief die vier Wärter herbei, die im breiten Türrahmen der Schmiede standen und den Ausblick auf das rege Treiben Roms versperrten. Rasch legten zwei von ihnen die Waffen beiseite und wollten Obinna packen. Der schüttelte ihre Hände genervt ab. „Ich halte still!" zischte er und biss die Zähne zusammen.

Laetitia und der Schmied sahen sich kurz an. Kaum merkbar nickte sie ihm zu. „Er ist… ungewöhnlich stark", sagte sie.

Der Schmied zuckte mit den Achseln und nahm dann eine Schale mit schwarzer Farbe zur Hand. Die lange Zange mit dem glühenden Würfel hielt er in respektvollem Abstand von sich.

Es gurgelte und zischte laut, als er das heiße Ende der Zange in die Schale tauchte. Die Farbe brodelte sofort. Die Sklaven blickten mit angstgeweiteten Augen von der Zange zu Obinna und von Obinna zur Zange. Der Schmied zog das Werkzeug von der Schale weg. Schwarze Farbtropfen fielen auf den hässlichen unebenen Erdboden der Schmiedewerkstatt, wo sie nicht weiter auffielen.

Langsam näherte sich die Hand des Schmiedes mit dem furchtbaren glühenden Metallgebilde dem nackten Hintern des Nubiers. Seine dunklen Pobacken bewegten sich, als er die Muskeln anspannte.

Laetitia verfolgte die Aktion hingerissen und mit offenem Mund. Ohne dass sie sich dessen bewusst war, bewegte sie ihre Schenkel hin und her, als reibe sie sie wollüstig aneinander. Die Spannung kam ihr beinahe unerträglich vor, als befände sie sich im Circus Maximus und wohne einem wüsten Zirkusspiel bei. Nur mit dem Unterschied, dass sie jetzt und hier sehr nahe am Geschehen war und dieses bestimmen konnte.

In dem Moment, als der glühende Würfel der Haut Obinnas sehr nahe war, hielten die Sklaven den Atem an. Afra hatte sich umgedreht und schluchzte leise. Sie hatte unendliches Mitleid mit Obinna und Angst um ihn. Wohl wissend, dass ihr in wenigen Augenblicken das gleiche Schicksal blühte.

Es war so still im Raum, dass alle das Geräusch hörten, als der Würfel ruckartig auf das Gesäß des Sklaven gepresst wurde. Es klang wie wenn ein Stück Speck in eine Bratpfanne geworfen wird, um geschmort zu werden. Obinna brüllte hinter zusammengebissenen Zähnen. Ein verzweifelter, dumpfer Laut der Pein. Ruckartig fuhr sein Oberkörper nach oben, versteifte sich einen Moment, um dann wieder nach unten zu sinken.

Der Schmied riss den glühend heißen Würfel vom Hintern des Sklaven und hielt ihn in sicherer Entfernung von sich. Kritisch begutachtete er sein Werk, indem er die malträtierte Pobacke grob betatschte und herumdrehte. In schwarzer Farbe war das Zeichen zu erkennen, das der Metallwürfel für immer auf die dunkelbraune Haut Obinnas gebrannt hatte: Ein Dreieck mit drei Kringeln im Innern, welches geheimnisvolle Buchstaben oder Zahlen darstellen mochten. An den schwarzen Rändern des Brandmals wucherten dunkelrote Wundstreifen. Obinna keuchte hastig, als befände er sich im Dauerlauf. Sein Herz hämmerte.

„Das Rote verschwindet bald", verkündete der Schmied ungerührt. „Zurück bleibt euer schönes schwarzes Zeichen, ins Fleisch gebrannt für immerdar." Er lächelte Laetitia verschmitzt an. Die erwiderte das Lächeln nicht, trat aber erwartungsvoll näher, um das Symbol zu bewundern.

Während sie es eingehend betrachtete, fing einer der Sklaven zu heulen und zu jammern an. Er flehte irgendetwas Unverständliches. Genervt fuhr Laetitia herum und befahl ihm, vorzutreten.

Unter den strengen Augen der Wärter trat ein schlaksiger, junger Kerl nach vorne, wohl kaum Mitte zwanzig. Er zitterte am ganzen Leib. Seine Augen hetzten nervös hin und her zwischen der Wunde Obinnas, dem heißen Werkzeug des Schmiedes und seiner Herrin.

„Was erlaubst du dir zu heulen wie ein Trauerweib?" zischte sie kalt.

„Bitte, oh bitte", wimmerte der Sklave. „Tut mir das nicht an. Verschont mich!"

Laetitia blitzte ihn böse und grausam an. „Du wagst es, mein Geschenk abzulehnen, das ich für euch ausgedacht habe und für viele Sesterzen anfertigen ließ?" fragte sie leise. Sie wartete eine Weile. In der Schmiede war nur das Wimmern des jungen Sklaven zu hören und das Knistern der glühenden Holzscheite auf der Feuerstelle.

„Du sollst es doppelt erhalten!" entschied sie schließlich. „Auf die Brust und auf die Stirn."

Der Sklave brach in Tränen aus und wollte laut lamentieren, wurde aber von den Wärtern brutal und mitleidlos zu Boden geboxt. Verächtlich starrten sie auf ihn herab. Er gab keinen Mucks mehr von sich. *Ein Ton noch*, sagten ihre drohenden Blicke. *Ein Ton noch. Und du wirst tüchtig zusammengeschlagen!*

Ächzend sank Obinna schließlich zu Boden, nachdem Laetitia ihr Zeichen hinreichend bewundert hatte, das da so unübersehbar auf Menschenhaut gebrannt war. Der Schmied war gnädig und fand die Zeit, dem Sklaven einen weiteren feuchten Lappen aus dem Wasserzuber hinzuwerfen. Stumm hielt sich Obinna den nassen Lappen auf die schmerzende Stelle am Hintern.

Die Wärter hielten den am Boden liegenden Sklaven fest. Der keuchte los, als wäre er dem Erstickungstod nahe, als er die Hitze des neuen Metallwürfels spürte, den der Schmied in der Zwischenzeit mit seiner Zange aus dem Feuer geholt hatte.

Afra betete stumm mit geschlossenen Augen zu den Göttern, dass der arme Kerl die Prozedur rasch überstehen möge. Ein helles, schmerzerfülltes Brüllen, langgezogen und gequält, kündigte ihr sogleich an, dass ihr Gebet nicht erhört wurde. „Gleich das nächste", erklang die Stimme des Schmiedes. Etwas rumpelte, dann ertönten metallene Geräusche und ein Zischen. Wahrscheinlich tauchte er jetzt den nächsten glühenden Würfel in die Farbe. Die ganze Zeit über war das verzweifelte Stöhnen des Sklaven vernehmbar. Nur einmal verstummte es kurz, als ein Klatschen ertönte. „Dir gebe ich gleich einen Grund, herum zu jammern", schnauzte einer der Wärter. Kurz danach erklangen die Laute der Qual wieder, als der Sklave den zweiten glühenden Würfel nahen spürte.

„Nicht ins Gesicht!" heulte er. „Nein! Nicht das! Nicht..." Seine Worte schlugen in ein hohes, ohrenbetäubendes Kreischen um. Afra meinte ein leises Brutzeln zu hören. In der Schmiede roch es bereits nach verbranntem Menschenfleisch.

„Gleich zwei Bilder hat er erhalten, der nimmersatte Strolch", spottete Laetitia. „Gibt man dem den kleinen Finger, will er gleich die ganze Hand."

Der nächste der an die Reihe kam war Dumnorix. Er bekam das Zeichen Laetitias auf die Brust gebrannt. Danach war Afra dran. Als sie von den Wärtern festgehalten wurde, sah sie sich nach Obinna um. Er stand da, blickte mit seinen hübschen dunklen Augen in die Augen Afras und schien ihr eine Botschaft zu senden: *Halte durch! Du schaffst das.*

Sie schaffte es.

Kapitel 16:

BRISANTE PLÄNE

„Heute Abend muss du mit einem Gast mitgehen!" befahl Laetitia und sah auf die blonde Germanin Afra herab, die auf einem hölzernen Sockel saß, den Hintern auf ein weiches Kissen gebettet. Er schmerzte noch immer von dem Brandzeichen der roten Laterne, das sie erhalten hatte. „Du kennst ihn von meiner Feier damals vor zwei Monaten. Diese kleine Orgie, die so pompös begann und leider so dramatisch geendet hat."

Afra erinnerte sich gut an den Abend voller Wahnsinn und empörender sexueller Ausschweifungen. Mit einem Schaudern wusste sie sofort, welchen Gast Laetitia im Sinn hatte. Den unheimlichen und schrecklich perversen Kaeso Aurelius.

„Er bezahlt vorzüglich. Unbedingt musst du alles tun, um ihn zufriedenzustellen, hörst du!" Laetitia sah ihre Sklavin unnachgiebig streng an.

Afra nickte schüchtern. „Ja", willigte sie ein. „Ich werde tun, was er verlangt. Sie folgte mit ihren Blicken der Herrin, die an einem Stapel mit Kleidern herumnestelte und unschlüssig eine Tunika daraus hervorzog, um sie auf einem Tisch auszubreiten.

„Das ist ein wunderbares Hurenkleid, wenn wir es kürzer schneiden und ein paar Glöckchen aus Bronze hineinweben lassen", sagte Laetitia versonnen.

Afra räusperte sich. „Wird der werte Herr mir denn wehtun?" fragte sie vorsichtig.

„Wohl nicht sehr", antwortete Laetitia unwillig. „Der große Kaeso Aurelius hat sicherlich einen ganz besonderen Geschmack, was die körperlichen Genüsse angeht. Vieles ist ihm schal geworden, die Langeweile verleitet ihn zu allerlei absonderlichen Spielen in seinem großen düsteren Haus." Sie lächelte mit zusammengekniffenen Augen, als sie die Angst in Afras Augen bemerkte. „Man sagt, er wäre manchmal dermaßen von Sinnen gewesen, dass er schon Sklaven das Lebenslicht ausgelöscht habe", fuhr sie fort und weidete sich vergnügt an der beklommenen Mimik ihrer Sklavin. „Ich aber habe ihn bereits vorgewarnt", gab sie ihrer Rede dann eine beruhigende Note. „Er weiß, wie teuer er dich bezahlen müsste, würde er dir ein ernsthaftes Leid zufügen! Dazu ist er zu geizig. Er hat großen Respekt vor mir. Wohl auch weil ihm bewusst ist, dass mit mir nicht zu spaßen ist, wenn man es wagt, sich an meinem Eigentum zu vergreifen." Sie schwieg befriedigt und ließ ihre Worte wirken. Mit großen Augen sah Afra zu ihr auf, unruhig auf ihrem Kissen hin und her rutschend.

„Du wirst das hier anziehen, wenn du zu ihm gehst!" befahl Laetitia und warf Afra einen Stofffetzen zu, den diese gerade noch auffangen konnte, bevor er zu Boden fiel. Langsam klaubte Afra das Ding auseinander. Es entpuppte sich als enge, knappe Tunika: Ganz schwarz, mit unheilverkündenden roten Streifen am Saum und am Kragen und einem Loch im Schulterbereich.

„Geh, eile zum Schneider und lass die Tunika herrichten", wies Laetitia sie an. „Vergiss die Sache mit den Glöckchen nicht! Es soll schön läuten, wenn du umhergehst."

Afra nickte und verschwand mit der schwarzen Tunika.

***

„Sie geht zu *ihm*?" fragte Obinna entsetzt. Soeben hatte er die beunruhigende Nachricht von Dumnorix gehört. Der wiederum war von Aikaterine informiert worden.

„Ich muss auch mit", sagte Dumnorix dumpf. „Es heißt, der Kerl hat in seinem Haus schon Menschen aus purer Lust abgeschlachtet und die Überreste den Straßenhunden zum Fraß vorgeworfen."

„Ob das stimmt, sei mal dahingestellt", wiegelte Obinna ab. Mehr, um sich selbst Mut zuzusprechen, als dass er derart Entsetzliches nicht geglaubt hätte. „Ich will nicht, dass sie zu ihm geht. Sie ist ein sehr gutes Mädchen. Zu schade, um ihre Zeit mit ihm verbringen zu müssen."

Dumnorix grinste spöttisch. „Teile das doch unserer gütigen Herrin mit", sagte er sarkastisch. „Sie wird bestimmt ein Einsehen haben und sich überzeugen lassen."

„Hältst du mich für dumm?" entgegnete Obinna etwas resigniert. „Nein, nein, ich muss es anders angehen." Er überlegte. „Ich werde mitgehen."

Entschlosssen stand er auf und strich sich die Falten seiner Tunika glatt. „Wo ist Laetitia?"

***

„Du willst die Welt der Bosheit und der Schmerzen erkunden?" fragte Laetitia erstaunt. Obinna stand vor ihr, selbstsicher und aufrecht, jedoch auch bittend.

„Wenn es das ist, was mich erwarten sollte, so antworte ich: Ja, Herrin", sagte er würdevoll. „Ich meine einfach, dem werten Herrn Aurelius noch größeres Vergnügen bereiten zu können bei seinen Spielen."

„Weil du ein kräftiger, unerschrockener Bock bist, ungeheuer strapazierbar und dickhäutig?" hakte Laetitia nach und taxierte ihn mit herausforderndem Blick. „Es ist frech, Sklave, und auch anmaßend, dass du es wagst, mit einem solchen Gesuch an mich heranzutreten! Du hast nichts zu wollen, zu wünschen oder auch nur zu *denken*. Die Akquise und Geschäftsanbahnung deiner Hurendienste ist allein meine Aufgabe… Und von mir aus noch die der alten Tullia", fügte sie leicht geringschätzig hinzu.

„Oh gewiss, Herrin", beeilte sich Obinna zu sagen. Ihm war bewusst, dass er mit Worten ausbalancieren musste, was sein Körper womöglich zu seinen Ungunsten signalisierte. In seiner ganzen schwarzen Schönheit, Größe und Kraft stand er vor der Römerin. Sie musste zu ihm aufsehen, wenn sie in seine Augen blicken wollte. Keinesfalls mochte er ihren Unmut hervorrufen, indem er sie mit einem Hauch von Übermacht provozierte.

Obinna senkte den Blick und ging auf die Knie. „Herrin", sagte er leise, „verzeiht mir meine Anmaßung. Ich glaube, dass ich die Genüsse des großen Kaeso Aurelius noch steigern kann! Dies wäre doch für eure Unternehmungen vorteilhaft und gewinnbringend. Wie wäre es, wenn ihr mich ihm für den besagten Abend ausleiht, sozusagen als kostenlose Dreingabe? Er kann dann über mich verfügen wie er will. Ihr selbst werdet bei ihm an Ansehen dazugewinnen."

Laetitia hatte schon den Mund geöffnet, um ihm eine harsche Erwiderung zu entgegnen, und schloss ihn zugleich wieder. Sie dachte nach.

„Warum schlägst du mir das vor, Sklave?" fragte sie misstrauisch. „Unabhängig davon, ob ein solches Vorgehen tatsächlich gut für mein Geschäft wäre – was versprichst du dir davon?"

Obinna sah sie einen kurzen Moment an. Sein Blick flackerte nervös und eingeschüchtert, so schien es. „Ich wiederum hoffe darauf, bei euch an Ansehen zu gewinnen", sagte er. „Ich bete zu den Göttern darum, dass sich meine Vermutung bewahrheiten wird, solltet ihr auf meinen demütigen Vorschlag eingehen."

„Mein *Lieblingsbock*", zischte Laetitia, lauernd wie eine Schlange. „Du willst mein *Lieblingsbock* werden, nicht wahr, Sklave?"

Obinna wartete einen Augenblick, als hätte ihn die narzisstische Feststellung seiner Herrin überrascht. Dann meinte er kleinlaut: „Ja, Herrin. Ich werde alles tun, was zu eurem werten Vorteil ist! Ich will euch reich machen und meinen Teil dazu beitragen, um euch zu der größten Herrin über die besten Huren zu machen, die Rom je gesehen hat."

Laetitia sah ihn sprachlos an. Abschätzend suchte sie nach dem Haar in der Suppe und fand keines. Schließlich nickte sie.

„Gut, Sklave", sagte sie feierlich. „Du wirst mitgehen zum Hause des Kaeso Aurelius heute Abend. Sobald die anderen Huren hergerichtet sind, geht ihr los, begleitet von vier Wachen." Sie verschränkte die Arme und wiegte ihren Oberkörper leicht hin und her. „Ich bin nur gespannt, ob du nicht bald bereuen wirst, deine Bitte vorgetragen zu haben." Sie kicherte. „Der werte Kaeso Aurelius ist alles andere als ein Waisenknabe. Man sagt, er sei mit der Dämonenwelt in Verbindung!"

Obinna lächelte und versuchte seinem Gesicht einen dümmlichen Ausdruck zu verleihen. In ihm aber brodelte sein reger Verstand, der ihm zuflüsterte: *Heute ist die Gelegenheit zur Flucht gegeben!*

***

Afra sah blendend aus. Sie trug die schwarze Tunika, deren Loch fachmännisch geflickt worden war. Zwei Dutzend schillernde Glöckchen aus Bronze bimmelten an ihr, wenn sie sich bewegte. Um ihre Hand- und Fußknöchel trug sie dicke silberne Ringe, die sie exzellent schmückten. Zusammen mit ihrem frischgewaschenen hellblonden Haar wirkte der Silberschmuck sehr aufreizend. Um ihre langen schlanken Beine, die von der allzu kurzen Tunika kaum verhüllt wurden, trug sie sehr hochgeschnürte Ledersandalen. Die Lederschnüre waren extrem dünn und dicht um ihre Beine gewickelt, so dass es aussah, als trage sie ein zerschnittenes Fischernetz.

Wie eine wunderschöne, zarte Meerjungfrau, dachte Dumnorix beklommen. Der Aufbruch stand kurz bevor. Gleich würden sie losziehen müssen zur dunklen, geheimnisvollen Villa des Kaeso Aurelius in unmittelbarer Nähe des Marsfeldes.

„*Er* geht auch mit?" fragte Afra. Ihre Stimme klang seltsam hoffnungsvoll und aufs Höchste interessiert.

Dumnorix nickte. Soeben hatte er Afra mitgeteilt, wer von den Sklaven sich am heutigen Abend bei dem unheimlichen Kunden einzufinden hatte. Darunter waren neben Afra, Dumnorix und Obinna auch die Griechin Aikaterine und die missgelaunte Antonia. Jene römische Sklavin, die so missgünstig und niederträchtig Afras Schönheit beneidete. Sowohl Aikaterine als auch Antonia sollten in Zukunft die Belegschaft des Hurenhauses bereichern. Mit dem Besuch bei Kaeso Aurelius würde ihre Hurenkarriere mit einem dunklen Paukenschlag beginnen.

Afra schwieg und zerrieb in ihren zarten Händen etwas von dem zartrosa Puder, den sie behutsam einer kleinen Dose entnommen hatte. Sie zerrieb den Puder zwischen ihren Fingern, strich sich damit über den Handrücken und rieb ihn auch auf die nackten Arme. Dumnorix roch den betörenden Duft ihres Körpers, eine Mischung verschiedener Essenzen wie Rosenöl, Kokosmilch und Blütenaroma. Und eben diesen rosafarbenen Puder. Mochte es sein, dass es nicht zuletzt auch der natürliche Körperduft der Germanin war, der ihre Aura so unwiderstehlich und anziehend machte.

Dumnorix ertappte seinen Schwengel dabei, wie er sich unter der Tunika zu regen begann. Hastig drehte er sich um und strich rastlos im Raum umher, stetig darum bemüht, Afra nicht sehen zu lassen, welche Zeltstange sich vom Stoff seiner Kleidung erhob. Erbittert dachte er daran, dass es ihm wohl keinesfalls vergönnt sein würde, sich mit der wunderhübschen Afra zu vergnügen. Vielmehr musste er froh sein, wenn er heute Abend nicht wieder so herzlos brutal hergenommen wurde wie seinerzeit von dem unerträglichen Tiberius Quintus bei der großen Orgie Laetitias. Der feiste Liebhaber einer Eselin hatte seine Geilheit zwar letztendlich mit dem Leben bezahlen müssen. Jedoch lebte seine Abartigkeit und Perversion in den Albträumen so manches Sklaven weiter. Auch Dumnorix war schon schweißgebadet aus schrecklichen Nächten erwacht, in denen er von dem Unhold geträumt hatte. Selbst tot ließ Tiberius Quintus den Menschen keine Ruhe.

Um wie viel schlimmer mochte dieser Kaeso Aurelius sein? Alles, was sie bei dieser unvergesslichen Orgie über ihn erfahren hatten, war, dass er Afra sexuell sehr begehrte. Besprungen hatte er sie ja schon bei der Orgie, schamlos und tollkühn im Wasser des Beckens im Innenhof. Vor allen anderen Gästen!

Was würde ihnen heute bevorstehen?

Eine Glocke ertönte. Von weit entfernt erklang Laetitias Stimme: „Der Bote ist da! Aurelius erwartet bald seine Huren. Sie sollen sich in Bewegung setzen!"

Kurze Zeit später verließen drei herausgeputzte Sklavinnen und zwei Sklaven das Haus des Kaufmannsehepaares Magnus und Laetitias, begleitet von vier grimmigen Wächtern mit Speeren und schimmernden Brustpanzern.

SEX IM ALTEN ROM

#5 Dunkle Exzesse

HISTORISCHER EROTIK-ROMAN
von *Rhino Valentino*

Kapitel 17:

DAS VERHÄNGNISVOLLE MAHL

Das Haus des geheimnisvollen Kaeso Aurelius war weitläufig. Es erstreckte sich über eine große Fläche und war von einer hohen schwarzen Mauer umgeben.

Auch die Steinmauern des Hauses selbst waren schwarz. Fast pechschwarz. Wie war das möglich? Wo gab es diese schwarzen Steine?

Obinna hatte derlei Gemäuer noch nie gesehen. Im Vorbeilaufen bemerkte er die unregelmäßige, stellenweise nur dunkelgraue Färbung der Steine. Er ließ eine Hand an der Mauer entlanggleiten und betrachtete sie dann näher. Auf ihr waren Spuren von Ruß. Die Steine des Hauses und der Mauer, die es begrenzten, waren also mit Ruß gefärbt. Sehr merkwürdig und ungewöhnlich. Schon allein diese Tatsache gab Obinna zu denken. Wie mochte es um den Geisteszustand eines Mannes bestellt sein, der sein Anwesen auf derlei Art „verschönern" ließ? Zumal eine solche Art der Gesteinsfärbung auf dieser immensen Fläche enorm zeitaufwändig und teuer sein musste. Wer würde eine Unmenge Sesterzen dafür bezahlen, sein Haus mit Ruß zu färben, damit es die Farbtönung einer Brandruine hatte?

Die Antwort stand sogleich vor ihm in Form des menschgewordenen Wahnsinns.

Kaeso Aurelius trat aus dem Eingangsportal über ihnen, sehr groß, hager und würdevoll wie das Oberhaupt einer fanatischen Sekte. Seine schwarzen Haare glänzten vor Öl. Mit einer langsamen Armbewegung wies er die Gruppe der Sklaven und Wächter an, die Treppe zu ihm heraufzukommen. Es waren etwa ein Dutzend Steinstufen zu gehen.

Sie folgten seiner Anweisung. Auch die Treppenstufen waren rußgeschwärzt. Es roch leicht nach Verbranntem. Links und rechts des Eingangsportales, am Kopf der Treppe, standen Steinskulpturen von merkwürdigen exotischen Wesen. Ihre Gesichter waren zu Fratzen verzerrt. Mochten es Darstellungen von Dämonen aus fernen Ländern sein? Noch niemals zuvor hatten die Sklaven solche Figuren gesehen, weder in Rom noch anderswo.

Kaeso Aurelius trug ein exzentrisches silbernes Gewand. Es sah aus, als seien metallene Fäden in den hellgrauen Stoff kostbarer Machart gewebt worden. Auf seinem Haupt thronte ein Lorbeerkranz von sehr dunkelgrüner Farbe. Im Schatten konnte man meinen, dass selbst der Lorbeerkranz schwarz wäre.

Aurelius hatte nur Augen für Afra. Er bleckte die Lippen, als sie anmutig die Stufen hinaufschritt. Ihr Po wogte sanft beim Gehen. Schüchtern sah sie zu ihm auf und senkte sogleich wieder den Blick, geblendet von seinem mächtigen Antlitz und vom Gedanken an die zahlreichen grusligen Gerüchte, die sie über ihn gehört hatte.

„Seid willkommen in meinem Hause, geiles Hurenvolk", begrüßte sie der Hausherr und rieb sich die Hände. Als Afra an ihm vorbeiging, hieb er ihr auf den Po. Es klatschte. Ihre festen Hinterbacken zitterten unter dem schwarzen Stoff der kurzen Tunika.

„Wunderbare Schuhe!" lobte er und starrte auf ihre nackten Beine, die in der engen, dichten Lederschnürung der Sandalen gefangen waren. „Schamloses Saustück!" rief er ihr nach, als sie langsam mit den anderen Sklaven in die Empfangshalle ging. Es klang freundlich und bewundernd, wie ein gutgemeintes Kompliment.

Dann stutze er. „Wartet mal, Sklaven", sagte er langsam. „Ihr seid fünf an der Zahl! Ich hatte lediglich vier bei eurer Herrin bestellt. Drei Frauen und eine Mannshure."

Einer der vier Wächter meldete sich zu Wort. „Großer, ehrwürdiger Herr", sagte er und wagte nicht, Kaeso Aurelius ins Antlitz zu blicken, obwohl er ein stattlicher Mann in blitzender Legionärsmontur war. „Unsere Herrin, die großzügige Laetitia, stellt dir kostenlos einen weiteren Sklaven zur Verfügung für die heutige Nacht. Den großen Schwarzen aus Nubien."

Aurelius kratzte sich am Kinn. Er besah sich den Nubier, der vor ihm stand.

„Für gewöhnlich verschmähe ich ein Gratis-Angebot", sagte er. „Steckt meist irgendeine niedere Absicht oder billige Hoffnung dahinter." Abschätzend musterte er den Sklaven und ging um ihn herum.

„Bist ein kräftiger Bock", lobte er, beeindruckt von den festen Muskeln des Sklaven, seinen breiten Schultern, den riesigen Händen und dem breiten, starken Hals. Er sah zweifellos auch ziemlich hübsch aus, hatte ein markantes, männliches Gesicht und große, dunkle Augen. „Dich habe ich doch schon einmal gesehen", fuhr er fort. „Auf jenem denkwürdigen Fest im Hause deiner Herrin. Die Orgie, bei der dieser fette Eselsbegatter verstorben ist! Wie hieß er noch…" Er dachte nach. „Tiberius Quintus", stieß er plötzlich mit leuchtenden Augen hervor. „Ja, ihn hat der Fährmann des Hades geholt, mitten beim Fest", sinnierte er. „Das kann passieren." Er wandte sich an den Wächter, der ihm die Mitteilung von Laetitias Gratis-Angebot gemacht hatte.

„Richte der werten Laetitia bei deiner Rückkehr einen herzlichen Gruß von mir aus und ein Dankeschön. Ich weiß ihre Großzügigkeit zu schätzen und werde heute Abend bestimmt Verwendung haben für den großen Kerl mit dem Pferde-Gehänge."

***

In der Halle wurden die Sklaven sogleich von einem Diener in einen Ruheraum geleitet. Dieser war edel ausgestattet mit hellem Sandstein an Wänden und Decke, großen exotischen Pflanzen in Tonkübeln und mehreren bequemen Liegen. Sie durften jeder auf einer der Liegen Platz nehmen. Verwundert bemerkten die Sklaven, wie zuvorkommend sie behandelt wurden. Oder steckte gar eine böse Absicht dahinter? Die darin bestand, sie alle erst in Sicherheit zu wiegen, um sie hernach umso grausamer den perversen Spielen auszuliefern, für die Kaeso Aurelius sie vorgesehen haben mochte und für die er bekannt war?

Dieser baute sich jetzt vor ihnen auf und zupfte affektiert an seiner auffälligen silbergrauen Kleidung.

„Ich werde euch speisen, Sklaven", sagte er hochmütig. „In meiner grenzenlosen Güte erhaltet ihr nun eine kleine Stärkung, bevor es zur Sache geht." Die „Sache" sprach er geifernd aus, lüstern, als könne er die geplante Schweinerei kaum erwarten. Er tätschelte dabei die zarten Schultern Afras, die sich gerade daran machte, sich auf eine Liege zu setzen.

Ungeduldig sah er sich um, nahm dann die Finger in den Mund und pfiff. Ein gellender, hysterischer Ton, der eine sofortige Antwort verlangte.

Bedienstete tauchten auf mit einer großen, dampfenden Schüssel, hölzernen Löffeln und einem Stapel Bronzeteller. Flink wurden das Besteck und die Teller an die Gäste verteilt. Sofern sie wirklich „Gäste" waren. Wohl eher waren sie leider nur gemietete Sklavenhuren, den Launen und dem Spieltrieb des Hausherrn auf Gedeih und Verderb ausgeliefert.

„Esst!" befahl Kaeso Aurelius. Er stolzierte umher, als sei er ein großartiger

Gönner, der sie vor dem sicheren Hungertod bewahrte. „Esst alles auf. Es ist genug da. Der Topf muss leer werden." Er deutete auf die Tonschüssel. Ein heißer Brei schwappte darin herum. Rasch verteilten seine Diener das Essen auf die Bronzeteller. Jeder von Laetitias Sklaven erhielt einen vollen, dampfenden Teller.

Argwöhnisch blickte Dumnorix auf den dunkelroten Brei. Er roch gar nicht schlecht. Würzig und leicht süß. Das Gericht war wohl eine Art Eintopf aus Bohnen, Zwiebeln und Kräutern. Große Stücke Knoblauch schwammen darin herum, ebenso kleingehackter Lauch, Pfefferschoten und Nüsse.

„Der Abend ist noch jung, obwohl die Zeit des *Cena* schon fast vorbei ist", murmelte Aurelius vor sich hin, fast wie zu sich selbst. „Lasst euch das *Abendessen* schmecken." Er ließ sich auf eine Liege fallen, die etwas abseits der anderen stand. Angewidert lehnte er einen Teller ab, dem einer der Diener ihm darbot.

„Ich habe schon gespeist", sagte Aurelius und grinste. „Dies ist allein für euch." Er rückte seinen dunkelgrünen Lorbeerkranz zurecht, der auf seinem geölten Haarschopf thronte.

Obinna nahm die Reaktion des Hausherrn beunruhigt wahr. Er wechselte einen kurzen Blick mit Dumnorix und forschte dann mit dem Holzlöffel im Bohnenbrei herum. Was hatte es mit diesem *Cena* auf sich? Warum bot ihnen der Tyrann ein Abendessen an, wo sie doch als reine Lustsklaven angeheuert worden waren? War es wirklich nur eine höfliche Geste oder steckte mehr dahinter? War das Essen etwa vergiftet? Hatte der Kerl seine Blase oder gar seinen Darm darin entleert?

Unauffällig roch Obinna daran. Er konnte keinen verdächtigen Geruch feststellen. Auch befanden sich keine Pilze oder Beeren in dem Essen, was den Verdacht auf einen Vergiftungsversuch hätte erhärten können. Letztendlich mussten sie darauf vertrauen, dass Aurelius Laetitia nicht schaden wollte und somit ihre Sklaven wieder wohlbehalten zurückschicken würde. Nach getaner Arbeit.

Sie aßen stumm. Es kam keine fröhliche Stimmung auf. Niemand wusste, was noch geschehen würde und zu welch abartigen Spielen sie der finstere Aurelius ins Haus geladen hatte.

Dumnorix aß tüchtig von dem Brei, nachdem er sich von dessen Geschmack überzeugt hatte. Die Bohnen schmeckten vorzüglich, waren nicht zu weich und nicht zu hart gekocht. Auch war das Gericht gut gewürzt und hatte ein kräftiges, schmackhaftes Aroma. Dem jungen Gallier war nicht bange, einen zweiten Teller Nachschlag zu verlangen. Einer der Diener häufte ihm bereitwillig den Teller randvoll. Genüsslich machte sich Dumnorix über die Bohnen her und dachte schon an einen dritten Teller.

Zufrieden beobachtete Kaeso Aurelius die essenden Sklaven. Sein Blick schweifte langsam vom einen zum anderen, blieb aber besonders oft bei Afra hängen. Die wunderbare blonde Germanin aus dem Barbarenwald hatte er bereits bei dem denkwürdigen tragischen Feste Laetitias begattet. Er sehnte sich nach ihrer frischen Spalte und auch danach, ihre braune Hinterstube ausgiebig und schonungslos zu erkunden. Dann war da noch diese Griechin Aikaterine mit der schmalen Nase und dem etwas säuischen Blick. Und diese römische Sklavin Antonia, nicht ganz so ansehlich wie die blonde Afra, aber auf eine verruchte Art verdorben, so dass sie für allerlei finstere und schmutzige Spiele willig und geeignet schien.

Afra aß kaum von dem Brei. Sie stocherte lustlos darin herum und fragte sich, was ihnen nach dem Essen bevorstehen würde. In der vertrauten Umgebung des Hurenhauses zu arbeiten, bewacht von den schwerbewaffneten Wächtern Laetitias, war eine Sache. Im Hause eines Kunden zu sein, die Wachen außer Sicht- und Hörweite vor der Tür wartend, und mit den Gelüsten des Unholds fertig zu werden, war eine andere. Mit einem Mal wurde ihr heiß. Ihr Herz pochte laut. Sie sah von ihrem Teller auf.

Kaeso Aurelius fixierte sie mit seinem Blick. *Er hat die zielgerichteten, kalten Augen eines Raubvogels,* dachte sie beklommen. Langsam und lautlos stand er auf, ohne die Augen von ihr zu lassen. Sie senkte wieder den Blick auf den Bronzeteller vor ihr. Aurelius ging auf sie zu.

„Iss", sagte er.

Sie fing gehorsam an zu essen und schob sich zögernd eine Bohne in den Mund. Danach noch eine weitere mit etwas Flüssigkeit.

„Gut so", sagte er und griff unter ihre Tunika. Er nestelte darin herum und suchte die Stelle zwischen ihren Beinen, die es ihm angetan hatte. Afra war bemüht, keinen Laut von sich zu geben, und aß schweigend. Auch als er unter dem schwarzen Stoff der Tunika an ihren Oberschenkeln herumknetete, gab sie keinen Mucks von sich.

Alle sahen verstohlen, wie Aurelius Afra befingerte. Jetzt mochte er wohl an *dem* bestimmten Ort zwischen ihren Schenkeln angelangt sein. Leise keuchend und mit pumpenden Bewegungen fuhr seine Hand unter ihrer Tunika hin und her, auf und ab. Die blonde Germanin biss die Zähne zusammen und schloss die Augen.

„Aaah…" Aurelius zog seine Hand unter ihrer Tunika hervor und roch daran. „Der Geruch einer geilen Wildsau", sagte er. „Frisch gewaschen und geölt, und doch schon wieder mit dem lüsternen Tau der weiblichen Verdorbenheit benetzt." Er leckte seine Finger ab, einen nach dem anderen, als bereite es ihm herrlichen Genuss.

Das Essen schien beendet zu sein. Alle waren satt. Die Tonschüssel mit dem Bohnenbrei war fast leer.

„So", meinte Kaeso Aurelius. „Habt ihr gut gespeist, Sklaven?"

Sie nickten. Obinna schwieg. Er traute dem Mann alles zu und wartete auf das, was da kommen mochte. Der Typ war augenscheinlich völlig verrückt, konnte dies aber geschickt verschleiern durch Gestik, Mimik und Worte des Anstands und der römischen Konventionen, welche er gut beherrschte.

„Natürlich habe ich euch herbestellt und bezahle dies eurer Herrin mit gutem Geld, weil ich einige schöne Spiele spielen will", stellte er fest. Seine wachen Adleraugen musterten die drei Sklavinnen und die zwei Sklaven. „Für den Anfang wollen wir die Stimmung etwas heben und erhitzen, in dem jemand von euch ein kleines bisschen leiden muss. Wie findet ihr das?"

Schweigen.

Aurelius lachte. „Na kommt schon", stichelte er. „Wer soll es sein? Hat jemand einen Vorschlag?" Er sah sich in der Runde um. Es war mucksmäuschenstill im Raum.

„*Sie!*" ertönte eine weibliche Stimme, glockenklar, hell und fast schrill.

Antonia, die stets schlechtgelaunte Sklavin, die wegen den Schulden ihrer Familie in Gefangenschaft geraten war, zeigte auf Afra. „Sie ist böse!" erklärte sie kalt. „Bestraft sie, großer und mächtiger Herr." Keiner sah sie an. Selbst Afra blickte nur zu Boden.

„So, so", meinte Aurelius und begann, im Raum umherzugehen, als sei er ein Mitglied des römischen Senats und halte eine Rede. „Böse sein als Grund? Einfach nur böse? Warum böse?" So wie er darüber sprach, klang es fast philosophisch.

„Sie ist eine Barbarin aus dem Germanischen Wald!" ereiferte sich Antonia. „Sie gehört nicht hierher! Sie ist eine falsche Natter und will nur Schlechtes für Rom! Allein das ist schon Grund genug, sie zu bestrafen."

Kaeso Aurelius nickte bedächtig, als höre er sich gewichtige Argumente an, über deren Bewertung er zu entscheiden hatte.

„Nehmen wir mal an, es ist so", führte er aus. „Dann soll es doch so sein. Dann soll sie versuchen, Rom zu schaden. Rom wird sich wehren können gcgcn cinc cinzige blonde Sklavin, und sei sie noch so blendend schön. Und wenn es sich gegen sie nicht zu wehren vermag, so soll das Römische Reich untergehen." Er sah die verdutzte Antonia herausfordernd an. Unangenehmes Schweigen breitete sich aus. Die Sklavin schluckte. Sie hatte ihre Hände ineinander geklammert und bewegte die Finger nervös hin und her.

Aurelius brach schließlich die Stille.

„Die Blonde ist einfach zu hübsch", sagte er und verschränkte die Arme vor sich. „Sie ist so attraktiv und anregend, dass es die reine Wonne ist, sie auch nur anzusehen. Ich werde sie nicht bestrafen, nur weil eine Sklavin dies vorschlägt." Er lächelte. Nicht freundlich, eher so, als ob er an wunderbare körperliche Wonnen dächte.

„Eine von euch fünf Sklavenhuren wird aber bestraft werden", verkündete er. „Sei es eine der männlichen oder eine der weiblichen Huren. Die Natur wird es entscheiden. Die Reaktionen eurer Körper werden ausschlaggebend dafür sein, ob ihr am heutigen Abend ausgepeitscht werdet oder nicht."

Angespannt warteten alle darauf, dass er fortfahren würde.

„Wer Bohnen isst, erfährt außer einem Sättigungsgefühl und der mehr oder weniger guten Schmackhaftigkeit auf seiner Zunge noch etwas anderes", erklärte Aurelius. „Es ist ein leichtes Zwicken und Kitzeln in den Windungen des Darmes, einige Zeit nach Beendigung des Mahls. Einhergehend mit einem Druckgefühl, das sich zu erleichtern vermag, indem es das überschüssige Bohnengas aus dem Gesäßloch hinausbefördert."

Obinna presste grimmig die Lippen zusammen. Er ahnte, was jetzt kommen würde. Dumnorix auf der Liege neben ihm wurde bleich. Er hatte drei Teller von dem Bohnenbrei gegessen, hungrig und voller Gier. In seinem Magen rumorte eine unheilvolle Masse des gärenden Breis herum.

„Ich mache es kurz", sagte Kaeso Aurelius. „Selbstdisziplin und eine innere Stärke sind bewundernswerte Eigenschaften, selbst bei Sklaven. Wer von euch den inneren Druck und die Beklemmung zu besiegen oder zumindest zu unterdrücken vermag, bleibt unversehrt!" Er hüstelte scheinheilig. „Wer aber mein edles Hause und meine Gastfreundschaft mit dem Geräusch und dem verwerflichen Gestank von Darmwinden schändet, der wird aufs brutalste ausgepeitscht!"

Er ließ die Worte auf die anwesenden Sklaven wirken und weidete sich an den betretenen Gesichtern. Manche waren bereits unverkennbar damit beschäftigt abzuschätzen, wie viele der unglückseligen Bohnen sie wohl verzehrt haben mochten und was das für Auswirkungen hatte auf die Tätigkeit ihres Darmes. Und dann waren da noch die Unmengen von Zwiebeln und Knoblauch, die ebenfalls in dem Bohnenbrei mitgekocht worden waren. Allesamt Gemüsesorten, die dafür geeignet waren, den Darm aufs Äußerste zu reizen.

„Die Gier wird sozusagen mit der Peitsche bestraft", erklärte Aurelius wie ein gütiger Lehrmeister vor einer kleinen Klasse mit Schülern.

Dumnorix wurde es abwechselnd heiß und kalt. In seinem Innern schien sich alles zusammenzuziehen unter den bereits aufwallenden Dämpfen der vielen Bohnen, die gerade verdaut wurden. Unzählige Bohnen. Legionen von Bohnen.

Afra hatte nur sehr wenig gegessen und war froh darüber. Sie sorgte sich aber um das Wohl der anderen. Besonders um das Obinnas.

Sie warteten. Aurelius vertrieb sich die Zeit, in dem er ab und zu eine der Sklavinnen zu sich auf die Liege kommen ließ und sie streichelte, betätschelte oder kniff. Immer ließen es die Frauen über sich ergehen, Was hätten sie auch tun sollen?

Obinna war hilflos. Ohne einschreiten zu können, musste er mit ansehen, wie Afra von dem Tyrannen schamlos befühlt und befingert wurde. Er mochte die blonde Germanin sehr und hatte zugleich Angst vor seinen keimenden Gefühlen für sie. Wusste er doch, dass eine tiefe Zuneigung sinnlos und sogar gefährlich war. Niemals wurde eine Liebesaffäre zwischen Sklaven erlaubt. So etwas wurde in jedem Herrschaftshaus als unerhörte Provokation betrachtet und dementsprechend bestraft.

Ein kaum hörbares, dunkles Grummeln ertönte. Kaeso Aurelius spitzte die Ohren. Elegant wie ein Kater stand er auf. Er legte den Kopf schief.

„Habe ich hiermit den ersten kleinen Darmwind vernommen?" fragte er mit neugieriger Strenge.

Keine Reaktion.

Er schlich zwischen den Liegen der Sklaven umher.

Da war es wieder! Unverkennbar ein Darmwind, leise zwar und verkniffen, aber eindeutig als solcher zu identifizieren.

Vor Antonia blieb er stehen. Sein forscher Blick genügte, um lodernde Angst in ihr zu wecken. Abermals stieß sie einen dezenten Darmwind aus.

Mit plötzlicher Wut packte er sie am langen schwarzen Haarzopf und riss ihren Kopf nach oben.

„Hure!" bellte er wild. „Du wagst es, mein Haus mit deinem schmutzigen Wind zu verhöhnen?" Antonia fing an zu zetern, zu jammern und zu flehen.

Kaeso Aurelius zerrte sie zum Ende des Raumes. Seine rechte Hand hielt ihren Zopf umklammert, seine linke ihren Gürtel.

Kaum dass sie vorne stand und heulend zu Boden sah, riss er gewaltsam den Gürtel von ihr und zog an ihrer gelben Tunika. Stoff zerriss. Antonia ließ sich zu Boden fallen. Aurelius wütete über ihr und ruhte nicht eher, bis ihre Tunika in Fetzen war. Halbnackt lag die Sklavin vor ihm, schluchzend und verängstigt. Ihr Gesäß und ihre Beine waren nackt.

Wieder ein Darmwind, diesmal sogar ein lauter! Antonias Angst schien die Aufwallung ihrer Winde zu fördern.

„Die Peitsche!" brüllte Kaeso Aurelius in einer Lautstärke, dass sich alle erschraken. „Sie verspottet mich auf die frechste Weise! Ihre dreisten Windstöße strafen ihrer Weinerei Lügen!"

Einer seiner Diener reichte ihm eine Peitsche. Es war ein Holzstock, der mit breitem Leder umwickelt war. An dem Stock waren mehrere dünne, lange Riemen befestigt. Entweder aus Seil oder aus feinem, hellgefärbten Leder, das war schwer auszumachen. Die Riemen mündeten in dicken Knoten. Diese schwangen bedrohlich hin und her, als Aurelius die Peitsche schwang.

Eine ganze Weile ließ er die Peitsche umherkreisen, begleitet vom leisen Wimmern Antonias.

„Andere bestrafen lassen wollen, weil sie angeblich *böse* sind", zischte er, „aber selbst abfällige Darmwinde loslassen im Haus deines Gastgebers!"

Die Peitsche knallte. Die Riemen streiften den nackten Po der Sklavin. Erschrocken quietschend wollte sie sich auf allen Vieren in Sicherheit bringen. Vergeblich. Auf einen Wink ihres Herrn hin eilten zwei Bedienstete herbei und pressten die Unglückselige auf den Sandsteinboden.

Abermals fuhr die Peitsche auf sie herab, diesmal kräftig zischend und mitten auf ihre Gesäßbacken. Das Klatschen war laut und hallte in dem Raum wider.

Kaeso Aurelius schien Gefallen an der Bestrafung zu finden. Begeistert drosch er auf die Sklavin ein und schwang den schmerzbringenden Riemen. Schon zeigten sich die ersten roten Striemen auf der Haut der weinenden Frau.

Afra war traurig und betete zu den Göttern, in Gedanken ganz bei ihrer Kontrahentin. Diese sah sich zwar als ihre Feindin und mochte sie offensichtlich ganz und gar nicht. Doch Afra hatte ein gutes Herz und wünschte niemandem die Peitsche. Sicherlich war Antonia ein neidisches, nörglerisches Ding mit einem Hang zur Bosheit und zum Denunzieren. Aber rohe Gewalt hatte sie nicht verdient, fand Afra.

Die Peitschenschläge wurden ruhiger und zielgerichteter. Vom Zustand aufbrausender Wut schien Kaeso Aurelius jetzt in ein Stadium gelassener Konzentration überzuwechseln. Grimmig und gleichmäßig schlug er auf den Po Antonias ein.

Dumnorix kämpfte mit der brodelnden Macht in seinem Gedärm, die sich Gehör verschaffen wollte. Verzweifelt klemmte er die Gesäßbacken zusammen, als gelte es, einen brechenden Staudamm vor einem reißenden Fluss zu bewahren. Er ahnte aber, dass seine Bemühungen sehr bald von der Wucht der Ereignisse hinfort gefegt werden würden. Das Knallen von Aurelius´ Peitsche und das erbärmliche Wehklagen der Sklavin in den Ohren, krümmte sich Dumnorix auf seiner Liege zusammen. Tief in seinem Innern machte sich eine Masse an Bohnenbrei daran, sein Unglück herbei zu beschwören.

Verbittert dachte Dumnorix an die Situation kürzlich auf der Latrine, als er in einer völlig gegensätzlichen Lage gewesen war. Angestrengt hatte er ein Aufwallen seines Gedärms und die Loslösung des Darmdrecks aus seinem Leib herbeigefleht. Letztendlich hatte er Erlösung gefunden. Würde es jetzt ähnlich sein, nur dahingehend, dass die Götter ihm gnädig waren und sein Gedärm unter Verschluss hielten?

Was mit einem Mal hereinbrach und allen Anwesenden im Kopf dröhnte, war nicht das Geräusch eines gewöhnlichen Darmwindes. Es war ein dunkles, trockenes Brabbeln, das langsam und verzerrt anschwoll zu einem krachenden, schnarrenden Getöse. Es klang, als würde eine Herde wildgewordener Elefanten durchs Unterholz eines Waldes brechen. Das war kein normaler, gottesfürchtiger Darmwind, den der Sklave Dumnorix da ausstieß. Es war ein grauenerregendes, furchtbares Unwetter, das bereits in der Allmacht seiner Phonetik das schreckliche Versprechen des Gestankes gab, der sich sogleich breitmachen würde.

Fassungslos hielt Kaeso Aurelius in seinen Bewegungen inne. Die Peitsche zitterte leicht in seinen Händen. Hoffnungsvoll sah Antonia zwischen ihren tränenfeuchten Wimpern hindurch auf Dumnorix, dessen Gesäßloch wie eine Fanfare des Ekels und Verderbens erklang.

Ganz allmählich erstarb schließlich das hässliche Schnarren seines Darmausgangs. Dumnorix war ganz schlecht geworden. Er hatte nur einen kurzen Blick auf das Gesicht Kaeso Aurelius´ geworfen, das jetzt weiß war vor Wut.

„Mistkerl, von den Göttern verlassener!" stammelte dieser. Fahrig wankte er mit der Peitsche umher, als wäre er unschlüssig, was zu tun sei. Schließlich, als kein Laut mehr aus dem Gesäß des Sklaven erklang und dieser mit über dem Kopf gehaltenen Armen auf seiner Liege kauerte, begann Aurelius die Peitsche kreisen zu lassen.

Es begann schauderhaft zu stinken. Der Raum hatte plötzlich die Aura einer vielbenutzten Kloake. So mochte es wohl in den Abwasserrohren der Cloaca Maxima riechen, wenn lange Zeit kein Regen gefallen und sie durchgespült hatte.

Aurelius drosch drauflos. Um Dumnorix herum beeilten sich die anderen um einen Sicherheitsabstand, da der Tyrann die Peitsche unkontrolliert und in blinder Raserei benutzte. Inmitten eines bleiernen Gestankes im Darm verrotteter Bohnen und Zwiebeln hieb Aurelius auf den schmerzerfüllt jaulenden Gallier ein. Wahllos traf er Hintern, Beine, Rücken und Kopf des Gepeinigten. Vor Schreck ließ Dumnorix eine weitere Serie empörender Darmwinde los. Sie waren diesmal leiser, entfalteten aber ihre Duftblume umso hinterhältiger und nachhaltiger.

Die Peitsche wirbelte in einem Stakkato aus blanker Wut und Raserei. Die Riemen wirbelten so schnell durch die Luft, dass sie nur als geisterhafte Schemen zu sehen waren.

Mitleidvoll sahen Obinna, Afra und Aikaterine die Bestrafung ihres Leidensgenossen mit an. Antonia hingegen lächelte schadenfroh und rieb sich verstohlen ihr schmerzendes Gesäß.

„Mach, dass es aufhört!" bat Afra leise den stumm leidenden Obinna. Dieser litt solidarisch mit dem jungen Gallier, den er überaus mochte und dem er nur Gutes wünschte. Traurig sah Obinna Afra an und sagte nichts. Er signalisierte ihr nur mit seiner Miene, dass ihnen allen nichts übrigblieb als den Abend in diesem schrecklichen schwarzen Gemäuer vorbeistreichen zu lassen und ihn irgendwie unbeschadet hinter sich zu bringen.

„Elendes Schweineloch!" kreischte Kaeso Aurelius. Die Peitschenhiebe wurden allmählich schwächer. Seine Ausdauer schien zu erlahmen. „Ich werde deine Hinterpforte mit heißem Blei ausgießen lassen! Ich werde dir lehren, mich in meinem Umfeld bloßzustellen und mein Haus mit den wüsten Ausdünstungen deines Darmes zu entehren!"

Auch Obinna spürte die Bohnen in sich rumoren. Er winkelte unauffällig die Beine an und entließ einen lautlosen Wind aus seinem Gesäßloch. Der Geruch würde nicht weiter auffallen, da es in dem Raum ohnehin stank wie auf einer Latrine des Grauens.

„Oh großer Herr!" ließ sich Afra vernehmen und machte einen Schritt auf den immer noch wütenden Aurelius zu. Dabei kam sie der schwingenden Peitsche gefährlich nahe.

Der Tyrann hielt in seinen Bewegungen inne und sah sie an. Aller Ärger fiel plötzlich von seinem Gesicht ab. Aus der wutverzerrten Fratze wurde wieder ein steinernes, fast normales Antlitz. Seine kalten Vogelaugen bemerkten einmal mehr die üppigen Reize der Blonden.

Kaeso Aurelius atmete ein paarmal tief ein und aus. „Fast hätte ich ob der nötigen Zucht und Erziehung von euch Sklaven vergessen, dass es noch etwas anderes gibt als die Pflicht." Er warf die Peitsche zu Boden.

„Soll ich für euch weiterschlagen?" fragte ihn einer der Bediensteten.

Er winkte ab. „Die Sklaven sollen sich alle entkleiden", entschied er. „Es ist Zeit, sie dafür herzunehmen, weswegen sie hier sind."

Er verschwand aus dem Raum. Kaum war er außer Hörweite, befreite sich Dumnorix von einem weiteren lauten Wind, der aus seiner Gesäßhöhle pfiff.

„Danke", flüsterte er Afra zu. Eine Serie laut schnarrender Winde folgte.

Obinna hielt sich die Hände vor die Nase und versuchte, flach zu atmen. „Mit diesen Winden", ächzte er, „solltest du dich für den nächsten Eroberungskrieg melden und in der Armee Julius Cäsars kämpfen. Bei diesen Nebeln des Verderbens würdest du den Feind in die Flucht schlagen und jede Schlacht gewinnen."

Antonia lachte laut und ordinär.

„Er hat dich noch nicht genug verdroschen", brummte Aikaterine, an Antonia gewandt. Sie zog sich bereits aus. Ihre dicken Brüste schimmerten goldfarben im Licht der Öllampen, die an den Wänden leuchteten.

Draußen begann die Dämmerung hereinzubrechen. Weitere von Dumnorix´ Fanfaren verabschiedeten die Sonne und begrüßten den Mond, der sich langsam über die Hügel Roms erhob.

Kapitel 18:

DUNKLE EXZESSE

Kaeso Aurelius erschien im Raum. Wie ein unheiliger Geist stand er wieder mitten unter ihnen. Er war nackt bis auf seine Sandalen, die seine Füße vor dem kühlen Steinboden schützten. Den Lorbeerkranz hatte er abgelegt. Sein Gehänge glänzte, als sei es mit Fett eingerieben. Das Haar um seinen Sack und seinen Schwengel herum war gänzlich entfernt worden. Merkwürdig kahl sah die Haut um sein Gehänge herum aus und schimmerte fettig.

Sein Schwengel war bereits halb aufgerichtet und etwas gerötet. Immer wieder rieb er genüsslich an ihm herum, während er die nackten Sklaven im Raum musterte.

„Wir werden ein Kunstwerk erschaffen", sagte er. Sein Blick wanderte ruhelos von einer Frau zur anderen und zu den beiden Männern. „Ein Kunstwerk aus menschlichem Fleisch, besudelt von den Säften des Körpers."

Aurelius bewunderte die Brandmale der Sklaven, die sie vor kurzem von Laetitia als „Geschenk" erhalten hatten. Er klopfte dem gepeinigten Dumnorix auf die Brust, wo dessen Brandzeichen in verschmorter roter Ewigkeit prangte. Fast zärtlich strich er Afra über den Hintern, wo sie ihrerseits das Zeichen Laetitias eingebrannt bekommen hatte. Drei seltsame Kringel in einem Dreieck. Die Kringel mochten so etwas wie Buchstaben darstellen oder auch Zahlen.

„Lasst uns beginnen!" befahl er. „Die Salbe des Verlangens wirkt gerade auf mein Gehänge ein. Ich werde ausprobieren, ob die alte Hexe, die mir diese zusammengebraut hat, eine Könnerin ihres Fachs ist... oder gepfählt werden sollte."

Afra hatte Angst und suchte die Augen Obinnas. Er versuchte ihr mit seinem Blick Energie zu senden und hoffte, ihr damit Mut zu machen.

Wir werden diese Nacht überstehen, sagten ihr seine Augen. *Die Götter haben noch einiges mit uns vor. Habe nur Mut!*

Afra betete darum, dass er Recht behalten mochte.

***

„Führe ihn jetzt hinten ins Loch hinein!" stöhnte Kaeso Aurelius. Er lag wie eine Schildkröte bäuchlings auf Afra, die ihm den Rücken zugewandt hatte und wiederum auf Aikaterine lag, Gesicht auf Gesicht, Bauch auf Bauch, Spalte auf Spalte. Die Basis bildete Obinna, der aufgrund seiner enormen Kraft imstande sein würde, selbst in dieser Lage mit drei Menschen über sich kräftig nach oben zu bocken.

„In welches Loch?" fragte Obinna. Sein steifer Schwengel war so lang, dass er ihn nicht nur in Aikaterines, sondern auch in Afras Spalte hätte einführen können, die in deutlich erhöhter Position über ihm lag.

„Nicht in meines", keuchte Aurelius erregt. „In das der Griechin über dir!"

Sogleich machte sich der Sklave daran, die Anweisung zu befolgen. Er fädelte seinen Stoßkolben hinterrücks zwischen den Oberschenkeln der schönen Sklavin hindurch ein, bis er auf ihre rosarote Pforte traf. Warme Feuchtigkeit und geschmeidige Schamlippen signalisierten seiner Eichel, dass sie bereits erwartet wurde und kein unwillkommener Gast war.

Dieses verruchte Stück! dachte Obinna entgeistert. *Wie kann sie in einer solchen Situation lustvoll sein, wo selbst ich mich anstrengen musste, meinen Riemen steif zu bekommen? Ist sie sich nicht im Klaren darüber, in welcher Gefahr wir alle sind?* Er mutmaßte, dass Aikaterine entweder wirklich von Natur aus geil und leicht zu stimulieren war. Oder sie verkannte den Ernst der Lage.

Die Lage war allerdings in der Tat nicht einfach. Als Obinnas Kolben in Aikaterines Pforte steckte, gab Kaeso Aurelius das Kommando zum Ritt. Obinna musste drei Menschen mit kraftvollen Beckenstößen hochwuchten und sie rhythmisch wieder abfedern, ohne dass es ihm die Luft zum Atmen nahm.

Einige Bockstöße lang ging das gut. Obinnas Schwengel fuhr in Aikaterines Spalte ein und aus. Ihr Unterleib schwang im Takt des Bockens mit und klatschte gegen den Leib Afras. Der obere Teil ihrer erweiterten Spalte rieb gegen Afras Pforte, die von kurzem blondem Haar umrankt war.

Als Aurelius versuchte, nun seinerseits in Afra einzudringen, gelang ihm dies wegen Obinnas von unten kommenden Bockstößen nicht. Wie ein ruderloses Boot bei starkem Seegang schwamm der perverse Tyrann auf Afra herum. Zunehmend ärgerlicher werdend, probierte er seinen steifen öligen Schwengel in Afras braunes Hinterloch zu stecken.

„Bei allen gütigen Göttern, halte ein mit der Rammelei, bis ich meinen

Kolben versenkt habe!" befahl er ungeduldig. Obinna hielt inne. Sein gewaltiger Riemen ruhte im Unterleib Aikaterines und füllte ihn gänzlich aus. Die Griechin seufzte leise.

Endlich hatte Aurelius sein Werkzeug in Position gebracht. Mehr Karnickel als Stier, begann er Afra zu begatten. Sein geölter Schwengel glitt mühelos durch ihre Hinterpforte, die, gedehnt durch etliche Männerbesuche, routiniert die Begehung ertrug.

„Saustück!" rief der Tyrann wieder und immer wieder, während er eifrig rammelte. „Saustück! Saustück!" Als hätte Afra und nicht er selbst die Bespringung angeordnet.

Was sind Männer doch für Tiere! dachte Afra verwundert. *Nun... Nicht alle.* Sie sah hinab zu Obinna, der ein menschliches Stockwerk unter ihr bei Aikaterine zugange war. Wie nahe war sie ihm jetzt und doch so fern, beengt durch die nervende Anwesenheit des unliebsamen Kunden! Was, wenn Kaeso Aurelius ihre Bespringung durch Obinna befahl? Sie wollte im tiefsten Innern ihres Herzens Sex mit dem attraktiven Nubier... Aber nicht *so*. Nicht auf diese Art, in einer solch entwürdigenden Situation, geleitet von einem perversen Irren, der in einer rußgeschwärzten Villa lebte und abnorme Spiele zu spielen gewohnt war.

„Wo ist der Gallier, dieser faule Sack?" brüllte Aurelius angestrengt zwischen zwei Stößen. Ihn hatte er bei der Bildung der Formation beinahe vergessen. Wo war der Lümmel? Hatte er sich aus dem Staub gemacht, um weiter das ehrenwerte Haus mit seinen Darmwinden zu behelligen?

Es dauerte nur einen Augenblick und schon stand Dumnorix vor den vier aufeinandergeschichteten Menschen, die im Rhythmus des Untenliegenden auf- und ab wogten. Ihm wurde himmelangst bei dem Anblick. Was um alles in der Welt spielte sich hier für ein Wahnsinn ab?

„Klettere nach oben und stabilisiere das Kunstwerk!" herrschte Aurelius ihn von oben herab an.

„Welches Kunstwerk?" fragte Dumnorix ratlos.

„Dieses *mein* Kunstwerk!" tobte dieser. „*Das Fleisch der Vermehrung!* Siehst du es denn nicht, du ungebildete Waldkreatur?" Wie ein geölter Blitz hastete sein Riemen in Afras Hinterpforte ein und aus.

„Ach ja, jetzt sehe ich es", sagte Dumnorix folgsam. „Verzeiht, großer Herr! Es ist ein wunderbares Kunstwerk." Innerlich war er ergrimmt über sich selbst und die erniedrigende Lobhudelei, die er sich abgerungen hatte. Was war nur aus ihm geworden, dem stolzen Sohn eines gallischen Kriegers! Verbittert versank Dumnorix' Geist beinahe in einem Strudel aus Selbstmitleid und Trotz. Doch er riss sich zusammen. Bald, ja bald schon würde sein Volk aufstehen und sich wehren gegen die infame Herrschaft der Besatzer! Bald würde er aus seinem ehrlosen Sklavendasein befreit werden!

Dumnorix begann, nach oben zu klettern, wie ihm aufgetragen worden war. Er setzte dabei einen Fuß auf Obinnas breite Schultern und machte sich daran, an Aikaterine und Afra vorbei zu steigen. Obinna wartete mit dem Stoßen, bis der Gallier ihm mit Worten beschied, dass er jetzt oben sei. Dann ging die kraftzehrende Bockerei wieder los, energisch und gleichmäßig.

„Hurenviecher!" zeterte Kaeso Aurelius wieder los, zuoberst auf Afra herumrammelnd. „Hurenviecher seid ihr, alle vier!" Er schien sich kurz zu besinnen, dass heute ja noch eine weitere Sklavin sein „Gast" war und rief nach ihr.

Antonia eilte herbei, nackt, sogar barfuß ohne Sandalen. Auf dem kühlen Steinboden würde sie sich bald erkälten.

„Saustück Roms", sagte er, „du wirst die Ehre haben, mein lebendes Kunstwerk zu weihen!"

Antonia nickte zögernd, vor sich den übereinander geschichteten Haufen Nackter, der unter den Stößen des Nubiers kräftig von unten durchgerüttelt wurde.

„Wie soll ich es denn weihen?" wollte Antonia schüchtern wissen.

„Wie?! *Indem du drüber pisst!*" ereiferte sich Kaeso Aurelius. Fassungslos sah er, dass die Sklavin sich tatsächlich bereit zu machen schien zu urinieren. Ächzend unter dem Gewicht des Galliers über ihm, winkte Aurelius ab.

„Wissloste Hure", sagte er, „Das war Ironie! Was verstehst du schon von derlei geistigen Feinheiten… und von Kunst! Nimm den Saft des Lebens, den meine Diener dir reichen. Begieße uns, würdevoll und so, dass nichts danebengeht!"

Entsetzt bemerkte Antonia ein kniehohes Tongefäß mit einer dunklen, zähen Flüssigkeit. Sie roch etwas metallisch, wie heißes Eisen oder erhitzte Bronze.

„Blut!" stammelte sie verstört. „Das ist ja Blut!" Sie trat einen Schritt von dem Gefäß weg. „Oh Herr, habt ihr geschlachtet?" fragte sie atemlos. Ihr Herz hämmerte angstvoll in ihrer Brust. Sie ekelte sich vor Blut, vor allem, wenn es in einer solchen Menge vorhanden war.

Aurelius lachte dreckig von oben herab. Er verabreichte Afra ein paar Schwengelstöße, bevor er japste: „Nicht geschlachtet! Sie… leben alle noch. Sie sind nur… *gemolken* worden." Wieder lachte er. Diesmal klang es regelrecht schaurig. „Meine Kühe!", strahlte er voller Besitzerstolz. „Meine menschlichen Kühe, die in meinen Katakomben hausen!"

Stumm und verbissen bockte Obinna weiter. Er war sexuell erregt, jedoch aufs äußerste angespannt und beunruhigt. Eine interessante Kombination, die ihn jedoch zutiefst erschreckte.

Antonia hob nach kurzem Zögern das Tongefäß. Es fiel ihr schwer. Sie keuchte, bemühte sich aber, es langsam immer höher über ihren Kopf zu heben und nichts zu verschütten.

Schließlich, als sie das Gefäß zitternd hoch über ihren Kopf hielt, kreischte Aurelius erregt auf dem Fleischberg rammelnd: „Weihe uns, Weib! Weihe uns *jetzt!* Begieße uns mit dem Saft des Lebens!"

Antonia begann, das Gefäß nach vorne zu kippen. In einem trägen, dunklen Schwall ergoss sich der Inhalt über die vier Nackten. Blut prasselte bitter riechend auf nackte, verschwitzte Haut und feuchte Haare. Blut rann in Ohren, Nasenlöcher und Augenwinkel. Blut fing an, den Boden einzunässen und glitschig zu machen.

Als das Tongefäß entleert war, hielt die römische Sklavin es noch einen Augenblick lang umgedreht über die Menschengruppe, damit auch die letzten kostbaren Tropfen nicht vergeudet wurden.

Während des Blutschwalls von oben hatte Afra bemerkt, dass die sexuelle Erregung des Kaeso Aurelius ihren Höhepunkt erreicht hatte. Mit rasenden, wahnhaften Stößen jagte er ihr mehrere Salven heißen Schwengelschleims in ihr Gesäßloch. Brüllend vor Genuss und Erleichterung pumpte er die letzten weißen Tropfen Eiersaftes aus seinem Schwengel in ihren Enddarm. Zugleich tropften Reste von Menschenblut über sie.

„Es ist alles gut", keuchte Aurelius glückselig. „Es ist *so gut* geworden! Wir haben das Kunstwerk vollendet. Es wurde mit dem heiligen Lebenssaft gesegnet, zu Ehren der Götter. Sie haben es gesehen. Sie werden es wohlwollend zur Kenntnis genommen haben, was für ein Schauspiel, welch einzigartige lebende Skulptur ich ihnen dargeboten habe!" Sein Atem rasselte. Er leckte über seine Lippen, an denen Blut klebte. Das Blut seiner Menschenkühe.

„Hinab mit euch!" befahl er den Sklaven. „Lasst ab voneinander!"

Obinna zog seinen steinharten Kolben aus Aikaterines Vorderpforte. Er pulsierte weiterhin erregt. Doch nun durfte er sich auf Geheiß des Herrn keine Erleichterung verschaffen. Unbeirrt weiter zu rammeln oder gar Hand an sich zu legen und zu melken hätte den unberechenbaren Zorn des Aurelius auf sich gezogen. Mit dem brodelnden, wallenden Eiersaft in seinem haarigen Beutel musste der Nubier darauf warten, dass sich dieser allmählich wieder beruhigte. Oder dass er sich vielleicht später rasch in einem verborgenen Winkel würde erleichtern können.

Schlaff und ermüdet saßen die blutüberströmten Sklaven am Boden. Kaeso Aurelius stand nackt und blutbeschmiert in der Mitte des Raumes, stützte stolz die Fäuste in die Hüften und lachte leise vor sich hin, ganz aus dem Häuschen vor Begeisterung über seine Aktion. „Die Götter werden mir jetzt umso gnädiger sein", frohlockte er. „Sie werden mich, den großen Künstler des Fleisches, lobpreisen und schätzen."

Afra und Obinna sahen sich wortlos an. Wie gern hätten sie sich aufeinander gestürzt! Der Sklave versuchte seinen mächtigen, noch steifen Kolben mit den Händen zu bedecken. Genauso gut hätte er versuchen können, eine Salatgurke mit zwei Weinblättern zu verbergen. Obwohl er durchaus sehr große, kräftige Hände besaß, war sein Schwengel einfach zu unerhört gigantisch, besonders im Zustand der Erregung.

„Herr", ließ sich Dumnorix vernehmen. „Ist es uns gestattet zu baden?"

„Was?" fragte Kaeso Aurelius unwillig und abwesend, geistig noch ganz im Rausch des erlebten Exzesses. Er runzelte die Stirn, als dächte er nach. Dann begann er spöttisch zu lachen.

„Badet das Vieh auf der Weide?" Er funkelte den Gallier mit bösen Augen an. „Wäscht sich das Schwein im Trog? Säubern sich die Krähen im Bett des Flusses?" Unwirsch wischte er sich Schweiß und Blut aus der Stirn und schloss langsam die Augen.

Fiebrig und voll Inbrunst wie ein religiöser Fanatiker schien er zu beten. Er murmelte unverständliche Tiraden und sprach zu fernen Göttern oder Dämonen.

Afras Herz klopfte unruhig und laut. Sie erflehte mit ihren Augen die Hilfe Obinnas, dem sie inzwischen völlig vertraute. Warum genau, wusste sie selbst nicht. Viele Worte hatte sie mit ihm bisher nicht wechseln können. Er war ihr eigentlich fremd, *musste* ihr fremd sein und auch bleiben. Selbst wenn sie ihr Herz an ihn verlöre, so durfte dies einfach nicht sein. Es sei denn, sie wollte ihr beider Leben aufs Spiel setzen.

Ihr nervöser, ängstlicher Blick wechselte von dem Nubier zum Gallier. Letzterer starrte dumpf zu Boden, blutüberströmt und beschmutzt von dem garstigen Treiben, zu dem der feiste Herrscher sie alle gezwungen hatte. Seine Fäuste waren geballt. Die Knöchel seiner Finger schimmerten weiß vor

Anspannung. Dumnorix schien in einen inneren Kampf verwickelt. Einen Kampf des Stolzes gegen die Vernunft.

Wortlos gab Afra Obinna zu verstehen, wie es um den Gallier stand. Der Nubier schaute seinen Leidensgenossen mitfühlend an, nicht ohne zuvor den verrückten Aurelius abschätzend zu taxieren.

Dumnorix trat in Augenkontakt mit dem großen Schwarzen. Nackt sahen sie sich an inmitten der Schweinerei aus Blut, die den Steinboden befleckte.

Ich töte ihn, sagten Dumnorix' Augen. *Ich will ihn töten.*

Dann sterben auch wir, erwiderte Obinna stumm.

Wir sterben ohnehin bald, wenn das so weitergeht, antwortete der Gallier schweigend. *Wenn nicht heute Nacht, dann bei einem der nächsten Kunden. Bei einem, der genauso wahnsinnig ist oder noch wahnsinniger. Dessen sadistische Geilheit größer ist als der Respekt vor der Unversehrtheit von Laetitias Eigentum. Der ihr den materiellen Verlust ersetzen wird, wenn er uns... kaputtmacht.*

In Obinnas Gehirn überschlugen sich die Gedanken. Im Raum befanden sich außer ihm und den anderen vier Sklaven Laetitias noch zwei Diener des Kaeso Aurelius. Bewaffnet zwar, ihm jedoch an Körperkraft weit unterlegen. Selbst ganz alleine wäre es ein leichtes für ihn, mit ihnen fertigzuwerden. Zumal der Überraschungseffekt auf seiner Seite wäre. Auf die Gewalttätigkeit der drei Frauen würde er kaum zählen können, wenngleich die blonde Germanin gut sein mochte für so manche Überraschung. Der Gallier war ein zwar eher kleiner, dünner Mann, aber auch ein sehr drahtiger, entschlossener Kämpfer. Voller Freiheitsdrang, Kraft und Willensstärke. Zu allem bereit, hätten sie erst einmal begonnen loszuschlagen.

Obinna versuchte die leisen Gedanken zu verdrängen, die ihn zur Vorsicht mahnten. Bei einem Fluchtversuch war mehr als nur ihr Leben in Gefahr. Es bestand das Risiko eines äußerst schmerzhaften Todes, bejubelt und verspottet von einem sensationsgierigen Publikum. Wie würde es sich anfühlen, wenn einem die Augen ausgestochen würden? Oder Nase und Ohren abgeschnitten? Der Mund mit kochendem Öl ausgegossen? Der Körper mit dem Gesäßloch über einem spitzigen Holzbalken gepfählt? War man schnell tot, wenn man im Circus Maximus von einem Raubtier zerfleischt wurde? Obinna erinnerte sich an den Besuch im Circus im Gefolge Laetitias vor einiger Zeit. Die gestreifte Raubkatze hatte damals den unglückseligen Gladiator angefallen und rasch getötet, begleitet von seinem grauenhaften Wehgeschrei.

Ja. Der Nubier war dazu bereit, das Risiko eines solchen Todes in Kauf zu nehmen. Am meisten Angst bereitete ihm dabei aber der Gedanke an die blonde Sklavin. Sie erschien ihm nicht nur wunderschön, sondern auch gutherzig und klug. Sie war einmalig in ihrer Reinheit und es wert beschützt zu werden. Bildete er sich das nur ein oder beruhte seine tiefe Zuneigung zu ihr auf Gegenseitigkeit?

Mit einer Scheu und Zurückhaltung, die gar nicht so recht zu seiner Größe und Kraft passen wollte, beäugte er Afra. Er senkte den Blick, als sie ihn ansah, und erwiderte ihn sogleich wieder, als er etwas mehr Mut gefasst hatte.

Ich kann Männer töten, dachte er. *Ich fürchte mich nicht davor, ihnen entgegenzutreten und ihnen die Lebensschnur durchzuschneiden, schnell und gründlich. Ich bin bereit, dem Tod zu begegnen und mit dem Fährmann des Hades meine letzte Reise anzutreten. Aber ich fürchte mich vor diesen wunderbaren, meerblauen Augen voller Liebe und Herrlichkeit! Augen, in denen ein Mann sich verlieren kann bis zur völligen Selbstvergessenheit. Augen, die für einen Mann vielleicht gefährlicher sind als das mächtigste Heer eines Feindes.*

Afra ahnte, was in Obinna vorging. Sie las seine Mimik, spürte das unschlüssige Drängen seiner Seele, das durch seine Augen nach außen strahlte. Sie forschte ihrerseits in den Gesichtern der beiden Sklavinnen Aikaterine und Antonia, was in ihnen vorgehen mochte und zu was sie bereit sein würden. Aikaterine, die stolze Griechin, fühlte sich sichtlich unwohl in ihrer Haut, beschmutzt und missbraucht wie sie war. Antonia verströmte die geistlose Aura dummer Gleichgültigkeit. Mehr noch, sie schien eher auf der Seite des Kaeso Aurelius zu stehen und konnte deshalb nicht als loyale Leidensgenossin angesehen werden. Sie erwiderte Afras Blick kalt und hochmütig, als wäre sie eher Herrin als Sklavenhure. Möglich, dass sie bereits glaubte, privilegiert zu sein und die Gunst des Aurelius zu besitzen. Schließlich hatte er sie nicht bei der Gruppenstoßerei hergenommen, sondern ihr die „Blutweihe" der Akteure übertragen. Antonia war leider alles zuzutrauen. Auch, dass sie sich im Falle eines Fluchtversuches der Sklaven sofort auf die Seite des Peinigers schlagen würde, getrieben von Feigheit und dem Streben nach Vorteilen für den Verrat an den Leidensgenossen.

Sollen wir jetzt fliehen? wollte Afra unhörbar wissen und traf mit ihren meerblauen Augen die dunklen Pupillen des Nubiers. Obinna und Dumnorix verharrten einen Augenblick lang, wie zu Salzsäulen erstarrt.

Kaeso Aurelius schien sich allmählich wieder auf die Realität zu besinnen. Er rieb sich das Kinn. Klumpen von Blut, welches bereits begonnen hatte zu gerinnen, fielen auf den Boden. Sie vereinigten sich mit der Blutlache, die sich ihrerseits bald erhärten würde, wenn sie niemand aufwischte.

„Saustücke!" fluchte Aurelius leise. Es klang gefühllos und fast hasserfüllt. Augenscheinlich war er jetzt, als der erste Exzess vorüber war, enttäuscht über das allzu schnell vergangene Spiel und harrte des nächsten. War dieses noch unmenschlicher? Am Ende gar bestialisch und mörderisch?

„Saustücke", wiederholte er unbeirrt. „Ihr habt noch nicht genug, was? Das reicht euch nicht, oder? Ihr wollte die Dämonen herausfordern!" Den letzten Satz kreischte er beinahe, triumphierend und mit sich überschlagender hoher Stimme. Sein Blick flackerte unstet im Schein der Öllampen. In seinem hageren, scharfkantigen Gesicht zeichneten sich schwarze Schlagschatten ab, die sich bewegten, als wären sie seltsam geformte, hungrige Blutegel.

„Ihr wollt sterben!" kicherte er. „Ihr wollt die Dämonen nicht nur herausfordern, ihr wollt ihnen ganz nahe sein! Ihr wollt mit ihnen Unzucht treiben in den Tiefen des Hades!" Rastlos griff er sich an sein baumelndes Gehänge und rieb daran. Von seinen Fingern und der Macht seiner eigenen Worte getrieben, begann sich sein Schwengel aufzurichten. „Ihr wollt sterben, während ich melke", lachte er leise in sich hinein. „Was seid ihr doch für lustvolle, verlorene Geschöpfe!" Verbissen arbeitet er an seinem Schlauch, der alsbald als halbharter Kolben schräg nach oben stand.

„Soll ich es für euch tun, großer Herr?" fragte Antonia unterwürfig und falsch. In ihrer prallen Nacktheit hockte sie am Boden, schweißüberströmt und bereit für weitere Schamlosigkeiten.

„Warte, Sklavin!" herrschte Aurelius, als spräche er zu einem Hund. „Wir wollen erst eine Situation schaffen, die erneut die Dämonen der Lust heraufbeschwört und sie mir wohlgesonnen macht! Der Abend ist noch lang."

Jetzt! sprach Dumnorix mit den Augen zu Obinna. *Lass es uns jetzt wagen, während er wieder geil zu werden beginnt und abgelenkt ist!*

Obinna wusste um die Schlauheit und Entschlusskraft des jungen Galliers. Er war sich auch sicher, dass es heute Abend womöglich keinen besseren Zeitpunkt zur Flucht geben würde als in diesem Moment. Noch fühlte er sich kräftig und wach, voller Energie und Wut. Wer weiß, was dieser Wahnsinnige noch mit ihnen vorhatte! Mochten die Götter wissen, ob sie nicht alle in wenigen Stunden keinen Gedanken mehr an eine Flucht erübrigen würden können. Sei es durch grenzenlose Ermattung, hinderliche Verletzungen oder den Tod.

Als sie losschlugen, hatte Kaeso Aurelius seinen Schwengel steifgerieben, während die Sklavin Antonia schmeichelnd und mit gespielter Bewunderung neben ihm kniete und ihm beim Melken zusah. Immer wieder sah sie zu ihm auf, als sehne sie sich danach, sein Gehänge zu lutschen und als hegte sie die Hoffnung, sich alsbald an seinem Schwengelschleim laben zu dürfen.

Beide wurden von der Situation überrascht. Die Griechin Aikaterine hingegen hatte bemerkt, dass ein stummes Vorhaben zwischen Afra, Obinna und Dumnorix Gestalt angenommen hatte und dass sie bereit waren für eine Flucht. Nach kurzem Zögern schlug sie sich wagemutig auf ihre Seite und war ihrerseits bereit zu fliehen. Ohne den Plan der drei Leidensgenossen zu kennen – falls es überhaupt einen gab – ließ sie den Dingen ihren Lauf.

Kaeso Aurelius knetete atemlos seinen harten Schwengel in den Händen, als Obinna schon bei einem der Diener stand und ihm mit der bloßen Faust ins Gesicht hieb. Der Diener stürzte wie ein gefällter Baum zu Boden. Sein Speer fiel ihm polternd aus der Hand. Das Kurzschwert an seinem Gürtel klirrte auf dem Steinboden.

Antonia schrie überrascht auf, laut und mit entsetzt aufgerissenen Augen. Mit einem Satz war Aikaterine bei ihr. Sie verpasste ihr einen harten Schlag, indem sie mit dem angewinkelten Ellenbogen weit ausholte und ihr auf die Schläfe drosch. Antonias Schreien wurde jäh unterbrochen. Sie sackte benommen zur Seite und gab noch einen Laut von sich, der wie „Ukh!" klang.

Noch bevor der zweite Diener etwas unternehmen konnte, war Dumnorix hinter ihm, schnell wie der Wind, der durch die gallischen Wälder rauscht. Der Diener war fast einen Kopf größer als er. Doch der Gallier sprang hoch, umschlang den Hals des Bedauernswerten mit seinen starken Armen und würgte ihn so kräftig, dass diesem jegliche Luftzufuhr verwehrt war. Sogleich stürzte der Kerl zu Boden, wo er weiter erbarmungslos gewürgt wurde, als wäre er ein Gehängter und würde in einer dicken Seilschlinge baumeln. Gutturale Laute ausstoßend, die tief aus seinem Brustkasten kamen, versuchte er den Gallier abzuschütteln oder ihn mit den Händen zu fassen. Es dauerte aber nur wenige Augenblicke, bis er hektisch und voller Todespanik mit den Beinen zu strampeln begann und kurz danach leblos niedersank, für immer vom Leben getrennt.

„Was", begann Kaeso Aurelius, fassungslos auf die Szene starrend, die sich ihm bot. Im Bruchteil eines Augenblickes verließ den Tyrannen jegliche Geilheit. Nichtsdestotrotz ragte sein Schwengel noch steif in die Luft.

Obinna hatte seinen Gegner mit zwei weiteren harten Schlägen vollends außer Gefecht gesetzt und näherte sich Aurelius.

„Nein!" kreischte der los. „Weg! Weg, du!" Er fuchtelte angsterfüllt und unmännlich mit den Armen wie ein gestikulierendes Marktweib. Sein Kolben federte dabei auf und ab, immer noch hart und mit Blut gefüllt, wenn auch schon schlaffer werdend.

Obinna hob die Faust und schlug zu. Obwohl der Schlag nur mit halber Kraft geführt war, hob er Aurelius aus den Sandalen und wirbelte ihn nach hinten. Sich überschlagend, fiel er zu Boden und stöhnte schmerzerfüllt.

Irgendwo in dem rußgeschwärzten Gebäude erklangen jetzt Rufe. Diener, Wächter, Bewaffnete?

„Lauft!" rief Obinna den Sklaven zu. „Lauft um euer Leben!"

Afra, Dumnorix und Aikaterine verloren keine Zeit und rannten los.

Kapitel 19:

GEFÄHRLICHE FLUCHT

Nackt und voller Blut liefen sie in Richtung Empfangshalle dem Ausgang zu. Die vier Wächter, die als ihre Eskorte mitgekommen waren, waren nicht zu sehen. Vermutlich befanden sie sich außerhalb der schwarzen Villa in unmittelbarer Nähe des Eingangstors.

Obinna wusste, dass es nur noch eine Frage von wenigen Augenblicken war, bis die vier Schwerbewaffneten ihren Fluchtversuch bemerken und entsprechend reagieren würden. Wenn sie nicht schon jetzt über die schwarzen Stufen der Eingangstreppe eilten, um sie aufzuhalten!

Wer sich ihnen in den Weg zu stellen versuchte, waren drei Männer aus der Dienerschaft. Es handelte sich um zwei Sklaven, einen jungen, kräftigen und einen ziemlich alten, sowie um einen Bediensteten, der anscheinend ein Gärtner oder Koch war. Er trug ein langes, scharfes Messer. Das aggressive Blitzen seiner Augen ließ keinen Zweifel daran, dass er gewillt war, es zu benutzen.

Bevor Obinna zum Zuge kam, hetzte Dumnorix an ihm vorbei auf den Messerträger zu. Während dem Laufen sprang er los und drehte sich in der Luft. Wie ein Wirbelwind traf er den Diener mit dem Fuß am Handgelenk. In hohem Bogen flog das Messer davon. Kaum hatte der Diener auch nur den Mund geöffnet, um schmerzerfüllt loszuheulen, traf ihn die eisenharte Faust Obinnas, die so groß war wie eine Kokosnuss. Ruckartig wurde der Kopf des Dieners nach hinten geschleudert. Sein Körper folgte und quittierte den Dienst für längere Zeit.

Die zwei Sklaven hatten sich derweil Afra und Aikaterine genähert. Der jüngere umfasste die blonde Germanin um die Hüfte und presste sie an sich. Der ältere packte die Griechin brutal an den Haaren. Keine der beiden Frauen gab trotz des Schreckens und der Schmerzen einen Laut von sich. Sie waren klug genug zu wissen, dass Schreien nur bedeutet hätte, weitere Gegner anzulocken, die sich in dem weitläufigen Gebäude oder außerhalb davon befinden konnten.

Rasend vor Wut brach Obinna über die zwei Sklaven herein wie ein Rachegott über arme Seelen. Dem Alten brach er das Genick, indem er seinen Hals mit schaufelartigen Händen verdrehte. Der Junge wollte weglaufen, doch ein gewaltiger Hieb des Schwarzen zertrümmerte ihm das Rückgrat. Verzweifelt ächzend sank er nieder und wusste zugleich, dass sein Leben verwirkt war. Er durfte nur noch auf einen baldigen Gnadentod durch seinen Herrn hoffen, keinesfalls aber auf ein restliches Leben in Fürsorge und Pflege.

Da war die Eingangstür! Massiv, aus schwarzem Holz und mit silbernen Beschlägen. Ein Türwächter stand daneben. Ihm schlotterten die Knie, als die Vier auf ihn zuhielten, unbeirrbar wie eine Monsterwelle die auf einen Strand zusteuert.

„Mach auf!" brüllte Obinna lauter, als er beabsichtigt hatte. In ihm tobten die Mannessäfte und waren in Wallung gebracht. Im Feuer der blanken Wut kannte er nur noch ein Ziel: Raus hier, weg hier und ein Versteck suchen!

Unverständlich vor sich hin jammernd und flehend, beeilte sich der Türwächter, die schwere Holztür zu entriegeln. Die Tür hatte mehrere feste, komplizierte Metallriegel. Notgedrungen mit dem Rücken zu ihnen, schaute sich der Wächter mehrmals panisch um, als ob er fürchtete, von hinten erschlagen zu werden.

Kaum hatte er die Tür entriegelt, riss er einen der beiden Flügel weit auf und duckte sich zur Seite. Obinna, Dumnorix, Afra und Aikaterine beachteten ihn nicht. Sie stürmten die rußgeschwärzte Treppe hinunter und nahmen das Dutzend Stufen in wenigen Sätzen.

Unten empfingen sie die vier Wächter, die ihnen Laetitia zu ihrer Bewachung mitgeschickt hatte. Sie hatten ihre Speere erhoben und ihre Schwerter gezückt.

Dumnorix schaffte es, zwischen zwei der Speere zu gelangen, ohne verletzt zu werden. Er riss sie gewaltsam nach oben und trat dann mit dem Fuß nach dem einen Wächter. Er traf ihn am Bauch. Es gab einen hohlen Knall, als sein nackter Fußknöchel auf den Bronzepanzer traf. Dumnorix bekam das Handgelenk des anderen Wächters zu fassen, der mit dem Schwert nach ihm stechen wollte. Er drehte das Handgelenk so schnell und widernatürlich um, dass es knackte und sein Opfer einen lauten Schmerzensschrei ausstieß. Dann entwand er ihm die Waffe und benutzte sie sogleich dazu, beiden Gegnern in rascher Folge in den unteren Teil ihres Gesichts zu stechen. Dort war eine der wenigen Körperstellen, die nicht von Panzerung, Kettenhemd, Leder oder

Helm geschützt waren. Dem einen trieb er das Schwert tief in den Mund, und zersägte ihm Zunge, Zähne, Gaumen und noch manches mehr. Als er das Schwert herauszog, förderte es eine Wolke aus Blut und Fleischfetzen zutage, begleitet von einem erstickten Gurgeln. Der Mund des Opfers war durch den Schwertstreich extrem geweitet und sah aus wie das rotglänzende, schlitzartige Maul eines Thunfischs. Noch im Fallen starb er. Sein letzter Gedanke war Verwunderung über das plötzliche Ende seines Lebens, gepaart mit Dankbarkeit, dass die Lebensschnur so rasch und professionell durchtrennt wurde wie ein Garn von einem geübten Schneider.

Der andere Wächter hatte den Fußtritt gegen seinen Bauch zwar mühelos verkraftet, war aber starr vor Entsetzen über die Geschwindigkeit und Gründlichkeit, mit der sein Kollege vor seinen Augen ins Jenseits befördert wurde. Er war jung und hatte bis auf Wirtshausraufereien noch keinen Kampf geführt. Während er dem anderen noch verdattert beim Sterben zusah, durchpflügte das Schwert seine linke Wange und grub sich in seinen Mund. Sein Schreien klang sehr seltsam, war es doch verzweifelt und voller Pein, aber auch gebändigt und behindert von dem geschliffenen scharfen Eisen in seinem Mund. Mehrfach hackte Dumnorix im Gesicht seines Gegner herum, verwandelte es buchstäblich im *Handumdrehen* in eine Masse, die aussah wie frisches Wurstbrät. Er meinte es nur gut, wollte ihn rasch und gnädig töten. Er konnte keinen Gegner lange leiden sehen. Außerdem hatten sie keine Zeit zu verlieren.

Kaum hatte der Gallier beide Wächter erledigt, wandte er sich den anderen Sklaven zu, um ihnen zu helfen. Verblüfft stellte er fest, dass diese ihre Arbeit bereits getan hatten und seine Hilfe nicht mehr benötigten.

Obinna hatte einem der Wächter schlicht die Füße weggetreten, als dieser mit dem Speer nach Dumnorix werfen wollte. Der Wächter wurde zu Boden gefegt, wo der Nubier sogleich nachtrat, mit der schweren Wucht seines Beines, als würde ein wütender Elefant aufstampfen. Der Tritt trieb dem am Boden Liegenden die Nase tief in den Schädel hinein. Da konnte ihm auch der metallene Nasenschutz des Helms wenig helfen. Vermutlich gelangten Knochensplitter der Nase ins Gehirn und beendeten sein junges Leben, denn der Kerl lag plötzlich mit verdrehten Augen da und atmete nicht mehr.

Dem vierten Wächter wurde seine Geringschätzung der Frauen zum Verhängnis. Im Glauben, dass ausschließlich der Nubier und der Gallier ernstzunehmende Gegner seien, ignorierte er die zwei Sklavinnen und bemühte sich, einen der beiden Männer mit dem Speer zu erwischen.

Sein Gehänge war zwar durch einen ledernen Umhang geschützt. Dennoch traf der wohlgezielte Tritt Afras genau die Stelle, wo sich sein haariger Beutel befand, versteckt in wollenen Gewändern. Mit einem überraschten Keuchen sackte er nach vorne, ließ Speer und Schwert los und hielt sich die Hände vor den Schritt. Aikaterine nahm den Speer auf, kaum dass er klirrend den Boden berührt hatte. Sie machte eine Drehung um den Wächter herum, kniff die Augen zusammen und peilte das herausgestreckte Gesäß des Mannes an. Unbarmherzig und mit einer Entschlossenheit, die kaum ein Mann einer Frau zugetraut hätte, jagte sie den Speer tief in das Gesäß ihres Gegners. Sein lederner Rock flatterte nach oben, als er heulend aufsprang und das kalte Metall in seiner Pobacke spürte.

Obinna kümmerte sich um den Rest. Er erinnerte sich an den Kerl, der jetzt vor ihm lag und sich schmerzgepeinigt den Hintern hielt. Es war der hochmütige und unverschämte Wächter, der sie kürzlich daran hatte hindern wollen, nach getaner Hurenarbeit am Ufer des Tiber Wein zu trinken.

Obinna nahm einen der Speere und ließ ihn über dem Kopf des Wächters kreisen. Der bemerkte trotz der Schmerzen in seinem Schritt die Gefahr und hielt die Hände nach oben ausgestreckt, als könne er damit seine Tötung verhindern.

Der Nubier hieb dreimal kräftig nach unten. Die scharfgeschliffene Speerspitze zerschnitt beim ersten Hieb die Hände des Wächters und traf mit einem hellen Wummern den Brustpanzer. Dadurch stumpfer geworden, drang der Speer beim zweiten und dritten Hieb tief in den Hals des Opfers ein und riss hässliche Wunden. Die Kehle wurde zerspalten. Weiß und knorpelig schimmerten die Reste des Kehlkopfs durch das zerfetzte Fleisch des Halses hindurch. Prustend begann der Kerl Blutfontänen zu sprühen. Seine Seele nahm Abschied vom Körper, löste sich von ihrem ausgedienten Vehikel und stieg nach oben.

„Wir müssen weg!" rief Aikaterine. Aufgeregt sah sie sich nach allen Seiten um, als erwarte sie augenblicklich Heerscharen bewaffneter Feinde um die Ecke biegen.

„Ja!" bestätigte Obinna. „Weg!"

***

Inzwischen war die Dunkelheit hereingebrochen. Tatsächlich schafften es die vier Fliehenden, sich weit genug weg von der schwarzen Villa des Kaeso

Aurelius zu entfernen, um sich einigermaßen sicher vor seinen Häschern fühlen zu können. An einigen stattlichen Häusern vorbei eilten sie in Richtung des Marsfeldes. Es schimmerte hell im fahlen Mondlicht der jungen Nacht.

Da sie alle völlig nackt waren und besudelt von getrocknetem Blut, konnte es nur eine Frage der Zeit sein, bis auch die Dunkelheit ihnen keinen Schutz vor entrüsteten fremden Blicken mehr bieten konnte. Sie bewegten sich schnell und leise durch dunkle Gassen hindurch und schlängelten sich an schattigen Mauern entlang. Spätestens wenn Nachtwächter oder gar eine Legionärspatrouille ihnen begegnen würden, konnte es vorbei sein mit ihrer Flucht. Allerdings waren um diese Zeit nur noch wenige Menschen unterwegs. Es war nicht ungefährlich, nachts in Rom umherzustreifen, zumindest in Gegenden wie dieser hier. Die meisten Leute blieben bei Anbruch der Dunkelheit in ihren Behausungen.

„Wartet!" Dumnorix hatte feine Ohren. „Ich höre etwas… Nicht bewegen!" Sie verharrten im Schutz eines großen Ginsterbusches, der an der Ecke eines alten Badehauses eingepflanzt war.

Schritte näherten sich. „Drei", sagte Dumnorix atemlos und so, dass es kaum zu hören war.

Es waren tatsächlich drei Menschen. Zwei römische Bürger, gekleidet in edle Tunika, und ein mit Schwert und Dolch bewaffneter Sklave. Der Sklave stützte einen der Bürger, der offenbar sein Herr war und betrunken. Der andere Römer schien nur leicht angeheitert und wankte kaum. Zusammen sangen sie ein römisches Gassenlied: ein bekannter Singsang über eine junge römische Hure mit legendärem und prominentem Kundenstamm.

„Ihr Loch war vielbereist und groß,
Ihr Hintern prall, ein runder Mond.
Und doch, und doch, wie sag´ ich´s bloß?
Hat sie mich bis jetzt verschont!

Ihre Brüste, wie Melonen,
Wohnst du ihr bei, dann hat sie dich!
Wird sie mich noch lang verschonen?
Ihr Hurenherz schlägt auch für mich!

Doch einmal, einmal kriegt sie mich,
Dann hat sie mich und melkt mich ab,
Beansprucht meinen Saft für sich,
Bespringt mich bis hinab ins Grab!

Die zwei Römer beendeten ihr gemeinsames Lied mit einem albernen, ausgelassenen Lachen. Der Sklave schwieg. Er sah sich immer wieder nach allen Seiten um. Mit ihm war nicht zu spaßen. Er würde Alarm schlagen, wenn er die Nackten sähe.

Glücklicherweise verschwand das Grüppchen bald wieder aus ihrer Sicht. Obinna, Dumnorix, Afra und Aikaterine verließen ihr Versteck hinter dem Ginsterbusch und suchten weiter nach einem diskreten Weg, der aus Rom hinausführte.

„Wir werden es nur schaffen, wenn wir Pferde auftreiben können", sagte Obinna. „Noch heute Nacht müssen wir hinaus aus Rom, so weit weg wie nur irgend möglich. Spätestens morgen früh, wenn der Morgen anbricht, werden sie nach uns suchen."

***

„Gottverdammtes elendes Hurenvolk!" schrie Kaeso Aurelius. Er war außer sich, schien fast zu bersten vor ohnmächtiger Wut und grenzenlosem Hass. Die silbergraue Tunika, die er sich inzwischen übergezogen hatte, flatterte unter seinen fahrigen Bewegungen. Seine Diener wären am liebsten im Erdboden versunken. Doch er hatte sie alle zu sich in sein schwarzes Gemach befohlen und duldete nicht die Abwesenheit auch nur eines einzigen.

Soeben hatte er erfahren, dass Laetitias Sklaven sich nicht nur erfolgreich von seinem Anwesen entfernt, sondern dabei auch noch einige Männer getötet hatten. Die meisten der Getöteten waren zwar im Besitze Laetitias gewesen. Dennoch stellte eine solche Tat für ihn als Gastgeber und Kunden einen schlimmen Gesichtsverlust dar. Wie stand er, der große und erhabene Kaeso Aurelius, jetzt da, wenn er nicht einmal Sklavenhuren bewachen und am Entkommen hindern konnte? Zumal Laetitia sogar vier schwerbewaffnete und mit Brustpanzern gerüstete Wachen mitgeschickt hatte. Alle tot! Ins Jenseits befördert von dem großen schwarzen Teufel und dem verschlagenen heimtückischen Gallier!

Aurelius geiferte. Er spuckte auf die Sklavin Antonia, die wimmernd am Boden saß und nicht wagte, zu ihm aufzusehen.

„Was seid ihr für Huren!" schrie er, weiß vor Zorn und mit bebenden Lippen. „Wisst ihr nicht, was sich als Lustdiener gehört? Bezahlt habe ich reichlich für euch alle vier!" Seine schwarzen Augen schossen Blitze auf Antonia herab. „Oder", fuhr er wütend fort, „ist es das, was deine Herrin mir zum Geschenk gemacht hat? Eine zusätzliche Mannshure aus Nubien, die nicht dafür sorgt, meine Lust zu steigern und die Nacht zu einem Freudenfest zu machen, sondern dafür, dass allesamt fliehen können?"

„Herr", sagte Antonia kaum hörbar. „Ich bin doch da, bin bei euch. Ich bin nicht geflohen, ich wollte hierbleiben."

Aurelius hielt inne. Dann sprang er zu ihr, ergriff ihr schwarzes Haar mit der Hand und zerrte daran, dass sie laut schrie.

„Du bist hiergeblieben, weil sie dich nicht mitnehmen wollten!" herrschte er sie an. „Die Griechin hat dich fast bewusstlos geschlagen! Genauso, wie der Schwarze es gewagt hat, *mich* zu schlagen!"

„Dann… dann haben wir doch etwas gemeinsam", piepste Antonia zitternd.

„Gemeinsam? *Ich* mit *dir*?" Aurelius lachte laut und bitter. „Was hat der Adler mit der Krähe gemeinsam? Was der Löwe mit der Hyäne? Was das Rosenwasser mit dem Dreckwasser der Latrine?" Blitzschnell holte er aus und verpasste ihr eine schallende Ohrfeige. Das Geräusch hallte wider in dem düsteren Raum aus rußgeschwärzten Steinen.

Antonia fing an leise zu schluchzen.

Aber da war plötzlich noch etwas anderes… Jemand stöhnte, verzweifelt um Hilfe flehend.

Ein junger Sklave war von zwei seiner Kollegen hereingetragen worden. Er mochte wohl zwanzig Jahre alt sein, lag verkrümmt am Boden und stammelte Unverständliches vor sich hin. Er rührte sich nicht. Sein Körper lag da wie ein lebloser Mehlsack, während sich nur sein Mund und seine Augen bewegten. Speichelfäden hingen von seinen Lippen bis aufs Kinn hinab.

Kaeso Aurelius wandte sich ihm zu. „Was ist mit dem?" wollte er verächtlich wissen, als sähe er einen hinkenden Ackergaul.

„Er hat wohl eine schlimme Verletzung des Rückens davongetragen", sagte einer der Diener vorsichtig. „Als die Huren flohen, hat er sich ihnen in den Weg gestellt und wurde brutal niedergeschlagen."

„Ich kann… mich nicht mehr fühlen", weinte der junge Sklave. Sein Gesicht war gerötet und tränennass.

„Nicht mehr fühlen!" äffte Aurelius ihn nach ohne die geringste Spur von Mitleid. „Du fühlst nichts mehr? Gar nichts?" Er trat nach ihm, hieb ihm den sandalenumschnürten Fuß auf den Bauch. Es klatschte. Der Sklave schluchzte. „Auch das nicht", jammerte er. „Ich spüre meinen Körper nicht mehr!"

„Seine Nervenbahnen sind wohl zerstört", mutmaßte ein alter Diener. „Einmal habe ich gesehen, wie ein Lagerarbeiter von einem Stapel Bretter fast erschlagen worden ist. Er lebte danach weiter, doch musste man ihn künftig füttern und für ihn sorgen. Wenn die Nerven des Rückens gänzlich zerstört worden sind, besteht keine Hoffnung darauf, dass der Bedauernswerte jemals wieder seinen Körper wird benutzen können."

„Soso. Du bist also neuerdings ein Medicus", sagte Aurelius scharf und fixierte den Alten mit kaltem Blick. Der sank in sich zusammen und gab keinen Laut mehr von sich.

„Ich bin auch ein Medicus", behauptete Aurelius grausam lächelnd. „Ein Erlöser von jeglichem Schmerz und Leid."

Er verlangte ein Schwert. Es wurde ihm von seinen Dienern gereicht.

„Nein!" flüsterte der junge Sklave mit dem gebrochenen Rückgrat. Er ahnte, was sein Herr vorhatte. „Ihr müsst das nicht tun, oh bitte, Herr! Ich werde wieder gesund, ich schwöre euch, bald werde ich euch wieder von Nutzen sein!" Es waren die letzten verständlichen Worte, die er in diesem Leben sprach. Das nächste, was er von sich gab, war ein hohes, fiebriges Kreischen, als Aurelius wahllos mit dem geschliffenen Schwert auf ihn einhackte. Spürte er Schmerzen trotz der zerstörten Nervenbahnen? Oder lediglich Entsetzen beim Anblick des Schwertes, das seinen gefühllosen Körper nun vollends zerstörte?

Unbarmherzig hieb der Tyrann auf Schädel, Schultern und Arme des Sklaven ein, den Griff des Schwertes fest mit beiden Händen umschlungen. Das kalte Eisen fraß sich in Fleisch und Knochen und ließ das Blut spritzen. Wie im Rausch machte Aurelius keine Anstalten damit aufzuhören, selbst als sein Opfer tot dalag, aus mehreren grässlichen Wunden blutend. Er zertrennte einen der Arme fast vom Körper, so dass eine Quelle aus Blut unablässig zu sprudeln begann und den ohnehin blutbesudelten Boden noch weiter mit dem Lebenssaft einnässte. Schwitzend stach er mit dem Schwert in beide Augen und kratzte die gallertartige weiße Masse aus den Höhlen. Dabei fluchte und schimpfte er voller Zorn und gekränktem Stolz.

Die Umstehenden waren zwar einiges gewohnt, doch der Wutausbruch ihres Herrn ließ sie vor Angst starr werden. Er brachte ihnen eine erneute, in ihrem

Ausmaß noch nie dagewesene Lektion des Schreckens bei: Wer ihn künftig mit Ungehorsam oder Unfähigkeit verhöhnen würde, war des Todes und konnte auf keinerlei Gnade hoffen.

Schließlich hatte Kaeso Aurelius genug. „Entsorgt diesen unwerten Kothaufen", knurrte er beiläufig und warf das blutige Schwert zu Boden. Umgehend wurde der entstellte Leichnam des jungen Sklaven fortgeschafft.

Aurelius wischte sich mit einem Zipfel seiner neuen Tunika den Schweiß von der Stirn.

„Schickt einen Boten zu Laetitia!" befahl er nach kurzer Besinnung. Sein Atem wurde allmählich ruhiger. „Sie soll noch heute Nacht wissen, was ihr Sklavenpack angestellt hat! Der Bote soll sie aus dem Bett läuten, er soll gegen das Tor poltern, er soll schreien, wenn es nötig ist! Noch nie haben Huren es gewagt, einen ehrwürdigen Kunden so zu entehren und zu beleidigen! Ich verlange die Köpfe der vier Sklaven!"

Kapitel 20:

IN BEDRÄNGNIS

Dumnorix sah sich angespannt um. Er war als erster über die Mauer geklettert, gestützt von Obinnas starken Händen, die für ihn eine menschliche Leiter gebaut hatten. Nun saß er oben und spähte die dunkle Gasse hinunter, die beleuchtet war vom spärlichen Mondlicht und von wenigen trüben Öllampen. Afra kam zu ihm herauf, an ihren Beinen hochgehoben von Obinna. Selbst nackt, verschwitzt und von getrocknetem Blut beschmutzt sah sie umwerfend aus, so attraktiv wie es unter tausenden von Frauen nicht einmal eine einzige war.

Der Gallier wischte den Gedanken beiseite und konzentrierte sich auf ihr Vorhaben. Er half Afra auf die Mauer, indem er ihre Hände nahm und sie zu sich nach oben zog. Sogleich folgte Aikaterine auf dieselbe Weise.

Zuletzt kam Obinna. Er winkelte die Knie an, sodass er mit dem Hintern fast den Boden berührte, und sprang kräftig in die Höhe. Beim vierten Mal schaffte er es, mit den Fingern die Kante der Mauer zu erreichen. Es war unwahrscheinlich, doch sie sahen es mit eigenen Augen, wie der Nubier mit gewaltiger Kraft seinen schweren Körper nach oben hievte. Als er es schließlich geschafft hatte, seine Unterarme auf der Mauer abzustützen, konnten sie ihm helfen. Sie zogen ihn nach oben.

Gemeinsam ruhten sie sich kurz aus. Die Mauer war etwa so dick wie der Ellenbogen eines Mannes lang war. Sie besaß glücklicherweise keine Eisenstacheln oder eingemauerten spitzen Tonscherben. So konnten sie oben sitzen und im Schutze der Baumschatten, die vom Garten her auf die Mauer fielen etwas rasten.

Ein Pferd schnaubte. War es dasselbe, das sie vorhin gehört hatten, als sie die Gasse entlanggeschlichen waren auf der Suche nach einem geeigneten Fluchtweg?

Der Stall lag inmitten des Gartens, versteckt zwischen einigen Pinien und Zitronenbäumen. Es roch nach Pferden. Dumnorix hielt die Nase in die Luft. Wie viele es waren, wusste er nicht. Der Größe des Stalls nach zu urteilen, mochten es vielleicht ein Dutzend Pferde sein oder mehr.

„Wir werden uns Zutritt zum Stall verschaffen, langsam und vorsichtig, um eine Panik bei den Tieren zu verhindern", sagte Obinna angespannt. „Anschließend nehmen wir uns vier Pferde und suchen auch etwas zum Anziehen." Sie waren allesamt immer noch nackt. Es war dringend erforderlich, ihre Blöße zu bedecken, zumal sie auch noch besudelt waren mit dem getrockneten Blut der seltsamen „Weihe" des Aurelius.

„Es gibt bestimmt etwas Tuch im Stall, um uns zu verhüllen", vermutete Obinna. „Vermutlich schlafen auch Stallknechte darin, deren Kleidung wir uns nehmen können." Er sah nach unten auf den Rasen. „Wir müssen jetzt in den Garten springen."

Den Anfang machte Afra. Obinna umfasste ihre zarten Hände und ließ sie langsam nach unten gleiten. Als er Afra losließ, sprang sie auf den Rasen und federte sich geschickt mit den Füßen ab wie eine Katze.

„Sehr gut", lobte Obinna. „Jetzt du!" Er nickte Aikaterine zu.

Die tat es der Germanin gleich und landete sicher im Garten.

Ein Geräusch ertönte. Es schien vom Herrschaftshaus zu kommen, einer hohen, prunkvollen Villa aus weißem Marmorstein, die in der Dunkelheit hinter Bäumen und Büschen kaum zu sehen war.

„Versteckt euch!" zischte Obinna. Er und Dumnorix duckten sich in den Schatten der Bäume, den diese auf die Mauer warfen. Afra und Aikaterine verbargen sich hinter einem langen breiten Rosenbusch, der an die Innenseite der Mauer grenzte.

Niemand tauchte auf. Kein weiteres Geräusch ertönte, es blieb alles ruhig bis auf ein weiteres leises Schnauben aus dem Pferdestall.

„Sie warten auf uns", raunte Dumnorix scherzend in Richtung des Nubiers. „Vielleicht wollen sie auch weg von hier, weg aus Rom?"

Obinna ging nicht darauf ein, sondern gab dem Gallier ein Zeichen. „Geh jetzt."

Wie zuvor Afra und Aikaterine, suchte auch Dumnorix den Weg nach unten und fand ihn. Als er im Gras des Gartens landete, entwich ihm ein langgezogener Darmwind. Das unappetitliche Schnarren zerriss die nächtliche Stille. Peinlich berührt begab er sich ebenfalls in den Schutz des Rosenbusches, wo er von Aikaterine tadelnd begrüßt wurde: „Deine quietschende Hinterpforte wird uns noch den Kopf kosten, Gallier!"

Nun war nur noch Obinna auf der Mauer. Er starrte hinab auf den Rasen. Die Mauer war wohl knapp zehn Fuß hoch. Behutsam drehte er sich auf der

Mauer um und begann, sich hinabzulassen, die Finger auf die Oberkante der Mauer gepresst.

Sein mächtiger Körper war zu schwer und rutschte ab. Obinna fiel nach unten, versuchte die Wucht des Aufpralls mit den Beinen abzumildern und strauchelte, als er unten aufkam. Mit den Armen rudernd, taumelte er nach hinten und stürzte mit dem Hintern aufs Gras.

Sofort war Afra bei ihm, umfasste seine breiten, kräftigen Schultern mit ihren Händen und wollte ihn stützen.

„Schon gut", beruhigte er sie. „Wir haben's geschafft und sind jetzt alle im Garten." Er roch den Geruch der Blonden. Zwischen dem Aroma getrockneten Blutes und Schweißes nahm er etwas wahr, das ihn an frische Pfirsichblüten erinnerte. Ihre Aura erschien ihm köstlich, unverwechselbar und betörend. Kein Gestank der Welt konnte den Bann ihres zutiefst erotischen Körpergeruches zerstören, der aus dem Innern ihrer Seele zu kommen schien, allem Irdischen entrückt. Obinna atmete tief ein. Er wollte diesen Geruch konservieren, behüten, bewahren, ganz und für alle Zeiten für sich alleine haben.

Innerlich seufzend, riss er sich von diesem Sehnen los und nahm mit der Aufmerksamkeit all seiner Sinne ihr Umfeld ins Visier.

„Zum Stall", sagte er in gedämpftem Ton, so dass ihn die anderen gerade eben verstehen konnten. „Langsam… Schlängelt euch von Busch zu Busch, um notfalls in Deckung gehen zu können!"

Sie gehorchten und folgten ihm. Wie menschliche Eidechsen krochen sie behutsam über das Gras auf den Pferdestall zu.

Dumnorix hatte gute Ohren. Er bemühte sich angestrengt, die Geräusche der Nacht zu filtern und mögliche Laute frühzeitig zu erkennen, die Gefahr signalisierten. In der Ferne ertönten mehrere Nachtigallen. Im Stall schabten Hufe, aber so sanft und beiläufig, dass man es kaum vernahm.

Drei Hindernisse hatten sie vor sich: Die Stalltür musste entriegelt werden, falls sie nicht offen war. Die Pferde mussten beschwichtigt werden, damit sie nicht in Panik gerieten. Gleichzeitig mussten Stallknechte ausgeschaltet werden, die womöglich im Stall schliefen und ihnen in die Quere kommen konnten. Danach hieß es, durchs Gartentor zu gelangen. Wie sie zuvor von außen hatten erkennen können, war es anscheinend nur von innen verriegelt und würde kein großes Hindernis darstellen.

Schließlich würden sie davon reiten und mit etwas Glück bereits am frühen Morgen Rom weit hinter sich gelassen haben! Dumnorix konnte gut reiten.

Auch Obinna hatte bei einigen Gelegenheiten bereits auf einem Pferd gesessen. Afra liebte Pferde. Zwar unerfahren im Reiten, war sie sich jedoch sicher, auf einem Pferderücken sitzen zu können, ohne herabzufallen. Vorausgesetzt, sie würden sich im Schritt oder Trab fortbewegen, nicht im Galopp. Dieser war ohnehin nicht anzuraten, solange sie sich innerhalb Roms befanden. Um keinen Verdacht zu wecken bei Stadtwächtern und Legionärspatrouillen.

Aikaterine freute sich regelrecht darauf, bald wieder auf einem Pferd zu sitzen. Sie hatte als Sklavin früh das Reiten gelernt und es schon mehreren Herrschaftskindern beigebracht. Noch während ihres baldigen Rittes, so nahm sie sich vor, würde sie aus Afra eine umsichtige Reiterin machen. Mochte man Pferde, nahm eine innere Verbindung zu ihnen auf und gewann ihr Vertrauen, war das Reiten einfach.

Die Griechin sehnte sich nach Kleidung. Nackt fühlte sie sich schutzlos. Bei Tageslicht wäre sie vor Scham im Erdboden versunken. Jetzt, bei Nacht, sah sie zwar niemand außer ihren Gefährten, doch setzte die Kühle ihrer empfindlichen Haut zu. Hoffentlich gab es im Stall Kleidung, derer sie sich bedienen konnten! Zur Not würde es auch ein sauberer Leinensack tun, in den sie Löcher hineinschneiden konnten. Und Waffen benötigten sie!

Vergeblich. Nichts von alledem brauchten sie mehr.

Als sie begonnen hatten, sich an der Stalltür zu schaffen zu machen, öffnete sich diese wie von selbst.

Starr vor Schreck rückten die Vier näher zusammen und blickten in den Stall. Pferde fingen jetzt an zu wiehern, mehrstimmig und lauter werdend.

In der Dunkelheit des Stalls zeichneten sich mehrere Gestalten ab. Ruhig und abwartend standen sie da, mit langen Knüppeln und Schwertern in den Händen. Einer trug einen schwarzen Spieß, wohl ein Schürhaken oder dergleichen. Ein anderer hatte eine gefährliche, scharfgeschliffene Sense in den Händen. Wie waren sie hier hereingekommen? Hatten sie schon längere Zeit auf sie gewartet? Etwa schon seit der Besteigung der Mauer? Waren es Stallburschen? Diener? Geübte Kämpfer? Das war auf die Schnelle und bei diesen Lichtverhältnissen schwer auszumachen.

Das war es jetzt, dachte Afra geschockt und zutiefst bekümmert. *Wir sind verloren!*

***

„Wer stört denn jetzt noch?" herrschte Laetitia ihre Köchin an. Die alte Xandra stand im Türrahmen, müde und eingeschüchtert, bekleidet nur mit dem leichten Tuch aus Baumwolle, das sie zum Schlafen zu tragen pflegte.

„Es ist ein Bote des Kaeso Aurelius", sagte Xandra. „Er begehrt Einlass und hat euch eine Mitteilung zu machen."

„Aha!" stöhnte Laetitia genervt. „Der verrückte Kerl meint, mir noch während der Nacht vom Fortschritt seiner Lustbarkeiten berichten zu müssen." Sie schnaubte. „Dabei ist mir sein Geschlechtsleben egal. Solange er meine Sklaven am Leben lässt und sie unbeschadet zurückschickt, ist mir gleich, was er mit ihnen anstellt."

Xandra trat von einem Fuß auf den anderen. „Nun", druckste sie herum, „der Bote macht nicht den Eindruck, als brächte er frohe Neuigkeiten oder wolle von belanglosen Dingen berichten. Mir scheint, dass etwas Furchtbares passiert ist."

Laetitia nickte erstaunt und wies ihre Köchin an, draußen zu warten und dem Boten Bescheid zu geben, dass sie gleich komme. Xandra tat wie ihr geheißen war.

Magnus, der schlafend im Bett neben seiner Gemahlin gelegen hatte, war aufgewacht. Als er sah, dass Laetitia eine Tunika anzog, fragte er schlaftrunken: „Meine liebe Ehefrau, wohin willst du eilen? So schlafe doch."

Halt den Mund, du träger Sack! dachte Laetitia. Laut sagte sie: „Ach liebster Gatte, die Pflicht ruft mich. Du weißt, mein Hurenhaus schläft nicht. Bestimmt gibt es einige Probleme zu regeln, da meine Sklaven gerade außer Haus ihre Dienste verrichten."

Es ging also ums Geschäft. Nichts brannte, kein Feind stand vor den Mauern Roms. Zufrieden ließ sich Magnus tief in sein Kissen sinken und erwartete den Schlummer. Was hatte er doch für eine verantwortungsvolle, fleißige Frau! Es war eine gute Entscheidung gewesen, ihr die Gründung des Hurenhauses zu finanzieren. Zusammen mit der geilen alten Tullia hatte sie eine Aufgabe gefunden, die sie erfüllte und keinen Raum ließ für dumme Gedanken, auf die sie sonst möglicherweise kommen würde. Sollte sie sich um ihre Geschäfte kümmern und dabei endlich einmal einige Sesterzen zu ihrer beider Lebenshaltungskosten dazuverdienen. Es dauerte nicht lange, und Magnus war wieder eingeschlafen.

Lange dauerte sein Schlaf jedoch nicht.

Wütendes Gekeife weckte ihn. Unwirsch wechselte er vom Schlaf ins Wachsein und rieb sich die Augen.

„Sie müssen sterben!" zischte Laetitia und ging in dem Schlafgemach auf und ab. „Das ist der einzige Ausweg für die Schande, die sie mir machen. Sie sollen gefunden werden, so bald wie es geht. Und dann sollen sie sterben, so langsam und schrecklich wie möglich."

„Wer?" fragte Magnus irritiert. Das Ende seines Schlafes erschien ihm allzu abrupt, die Erregung seiner Frau geradezu erschreckend.

Laetitia antwortete nicht. „Wein!" schrie sie plötzlich. „Wein! Wein!"

Xandra schien es von draußen gehört zu haben. Es dauerte nicht lange, dann stand sie in der Tür mit einer Tonkaraffe und Bechern. Ungeduldig nahm ihr Laetitia alles ab und schickte die Köchin weg.

„Wen willst du umbringen?" fragte Magnus nochmal, diesmal wesentlich wacher und hellhöriger. „Wer hat etwas verbrochen?" Er setzte sich im Bett auf.

Laetitia füllte sich aus der Karaffe Wein in einen Becher. Zu schwungvoll, denn der Wein schwappte über und ergoss sich auf den Boden. Sie achtete nicht darauf, sondern nahm den Becher und leerte ihn in einem Zug.

Als sie ihn abgesetzt hatte und augenblicklich die betäubende Wirkung des Getränks auf ihrer Mundschleimhaut spürte, sagte sie: „Meine Huren sind vom Anwesen des Kaeso Aurelius geflohen. Sie haben meine Wächter getötet und auch Diener ihres Gastgebers. Sie haben gewütet wie die tollen Hunde, obwohl sie mit vorzüglicher Höflichkeit und Großzügigkeit behandelt worden sind. Vier sind auf der Flucht: Der Nubier, der Gallier, die Germanin und die Griechin." Sie goss sich einen zweiten Becher voll und führte ihn zum Mund.

Magnus war blass geworden. In seinem Kopf überschlugen sich sogleich eine Reihe von Zahlen.

„Das ist ja furchtbar", sagte er bestürzt. „Wie können sie so etwas tun, wo wir ihnen eine gute Arbeit und Heimstätte gegeben haben?" Er beobachtete seine Frau beim Trinken. Als halte er das für eine gute Idee, kroch er auf allen Vieren übers Bett, schnappte sich einen Becher und füllte ihn nun seinerseits mit Wein.

„Was wird uns das kosten?" fragte er atemlos zwischen zwei Schlucken. „Was sollen wir machen?"

Laetitia starrte finster aus dem Fenster, wo der Mond am schwarzen Himmelszelt blass schien wie eine alte, trüb gewordene Silbermünze. „Wir werden Kaeso Aurelius den Schaden ersetzen müssen", stellte sie fest. „Wir schenken ihm Antonia. Als brave Römerin ist sie bei ihm geblieben, ohne mit den anderen zu fliehen. Das wird aber nicht reichen. Wir werden ihm eine stattliche Summe an Sesterzen geben müssen, um ihn zu besänftigen."

„Er wird den Wert seiner getöteten Sklaven natürlich viel zu hoch taxieren, wie ich ihn einschätze", schnaubte Magnus und hielt den geleerten Becher hoch über seinen geöffneten Mund, um die letzten Tropfen des Weines auszukosten. „Und wir müssen uns freigiebig zeigen, um unseren guten Ruf zu bewahren."

„Wenn sie erst eingefangen sind, werden wir alle vier Sklaven im Circus Maximus opfern lassen, zu Ehren der Götter", kündigte Laetitia an.

Magnus nickte, doch dachte er beklommen an die schöne blonde Germanin. Nicht lange war es her, da hatte sie ihm überaus geschickt und zart seinen Schwengel gelutscht, bis sein heißgekochter Eiersaft sich über sie ergossen hatte. Dieses überaus hübsche Wesen sollte also bald sterben? Er seufzte und griff abermals nach der Karaffe. Erst einmal musste sie gefunden werden.

Als hätte Laetitia die Gedanken ihres Mannes gelesen, knallte sie den geleerten Weinbecher auf den Steintisch und versprach: „Nicht lange werden sie von ihrer Freiheit kosten können! Am morgigen Tage schon werden Legionäre sie gefangen nehmen."

Auch sie war nicht gefeit davor, wehmütig an die prachtvollen Körper der Sklavenhuren zu denken, die bald getötet und verbrannt werden würden. Besonders das Bild des Nubiers mit seinem gewaltigen Schwengel bekam sie nicht aus dem Kopf. Würde man ihn töten, so war es, als würde man damit auch einer einzigartigen, lustspendenden Schlange aus dem Paradies den Garaus machen. Doch manchmal hieß es eben, Opfer zu bringen! Um sein Gesicht nicht zu verlieren, der Gerechtigkeit Genüge zu tun und ein Exempel zu statuieren: als Warnung für alle Sklaven, die wirre und unnütze Gedanken an Flucht hegten.

**

„Böse, böse!" sagte eine Stimme hinter ihnen. Sie klang vornehm, affektiert und vorwurfsvoll zugleich. „Warum seid ihr hier eingedrungen? Und auch noch völlig *nackt?*"

Sie drehten sich um und sahen sich einer Gruppe von einem Dutzend Männern gegenüber. Alle trugen Speere, Kurzschwerter und schwere Lederkutten. Angesichts dieser Gruppe erschienen die Gestalten im Pferdestall als weniger bedrohlich. Einer hatte sogar ein bronzenes Horn griffbereit und machte Anstalten, hineinzublasen.

Angesichts dieser Übermacht, die sie von beiden Seiten einkesselte, waren sie nahezu hilflos und ausgeliefert. Es blieb ihnen nur die Kapitulation und Unterwerfung. Oder ein aussichtsloser, kurzer Kampf mit tödlichem Ende.

„Warte!" Aus der Gruppe tat sich der Anführer hervor, dem die affektierte Stimme gehörte. Er tätschelte dem Hornträger auf die Schulter. „Wir wollen doch nicht die ganze Nachbarschaft aufwecken, wenn es nicht nötig sein sollte." Er musterte die vier Sklaven halb skeptisch, halb belustigt, aber auch distanziert und sich seines hohen Standes bewusst. „Was wollt ihr hier, nackt wie die Tiere?" fragte er finster, wie eine strenge Erzieherin an ungezogene Kinder gewandt.

Obinna, Dumnorix, Afra und Aikaterine schwiegen. Sie wussten beim Anblick des seltsamen Mannes nicht, was sie antworten sollten. *Mann?* War es überhaupt ein Mann? Oder ein merkwürdiges Mischwesen?

Die Gestalt, die nicht nur der Anführer der Gruppe, sondern womöglich sogar der Besitzer des Anwesens war, hatte fast die Größe Obinnas. Hochgewachsen und schlank, aber mit seltsam weichen, femininen Zügen stand er da, in eine zarte hellrote Tunika gehüllt, voller Schmuck und mit kunstvoll geflochtenen, hennagefärbten Haaren. Er war sehr hellhäutig. Sein Fleisch schimmerte im spärlichen Mondlicht weiß, beinahe wie durchsichtig. Wie eine seltsame menschliche Qualle!

Ein Eunuch, dachte Afra. *Bei den Göttern, das ist ein leibhaftiger Eunuch! Und augenscheinlich einer, der es zu etwas gebracht hat. Der Schmuck den er trägt ist teuer, sehr teuer. Selbst Laetitia habe ich niemals solchen Schmuck tragen sehen.*

„Beim Jupiter, was für ein Gehänge!" Theatralisch und mit gespielter Bestürzung hielt sich der Eunuch die Hände vor den Mund. Der war geschminkt mit irgendeiner tiefroten Pflanzenfarbe. Die Blässe seiner Haut war mit fein gestoßenem roten Ocker auf einer Bleiweiß-Grundierung bemalt. Ölige Lidstriche hoben die Augenbrauen hervor. Seine weiblich geschminkten, aufgerissenen Augen musterten den herabbaumelnden Schwengel Obinnas. Langsam und ungläubig den Kopf schüttelnd, als könne er kaum glauben, was er da sah, ging er in die Hocke. Er besah sich schamlos und ausgiebig das Glied des Nubiers.

„Das Ding ist eine Elle lang", urteilte er schließlich. „Ein solches Teil habe ich in meinem Lebtag noch nicht gesehen! Und ich habe *viele* gesehen…" Er lachte gekünstelt und ordinär, wie eine betrunkene Dirne auf einem Jahrmarkt. Dann richtete sich der Eunuch wieder zu seiner vollen Größe auf und musterte die Eindringlinge.

„Jetzt raus mit der Sprache! Warum seid ihr nackt?" fragte er streng. „Und warum voller Blut? Habt ihr gar jemanden getötet oder seid ihr geschändet worden?"

Beides, wollte Dumnorix antworten, doch er hielt den Mund.

Obinna wollte etwas sagen, doch Afra kam ihm zuvor.

„Oh, großer und edler Herr", sagte sie. „Verzeiht uns unser Eindringen in euren herrschaftlichen Garten!" Sie machte zwei Schritte auf den Eunuchen zu, so dass sein Gefolge unruhig und mahnend die Speere und Schwerter hob. Afra ging auf die Knie, ließ den Kopf zu Boden sinken und streckte die Hände nach den Füßen des Eunuchen aus.

Sie fühlte seine Sandalen aus weichem, teuren Leder und seine plumpen, weichen Zehen mit den langen Zehennägeln und legte die Finger darauf.

„Oh Herr, erhabener Herrscher über dieses Anwesen, so helft uns bitte!" bat sie mit schmeichelnder, warmer Stimme. „Wir sind vier arme Tagelöhner und wurden von skrupellosen Halunken beraubt!"

„So?" Der Eunuch verschränkte die Arme. „Wo?"

„Wenige Gassen entfernt von hier, in der Nähe des Marsfeldes", antwortete Afra sofort.

„Und das gibt euch das Recht, über meine Mauer zu klettern? Ihr haltet mich doch nicht etwa für dumm? Denn das bin ich nicht." Misstrauisch beäugte er sie aus zusammengekniffenen Augen.

Obinna zählte die Gegner. Vor ihnen standen ein Dutzend bewaffneter Männer, kräftig und beileibe nicht verweichlicht, mochten sie auch in den Diensten eines Eunuchen stehen. Riskant war auch der Hornträger. Noch bevor ein Kampf beginnen würde, konnte er schon ins Horn geblasen haben. Der Warnruf würde weit schallen und rasch Legionäre herbeirufen. Dann waren da noch die hinter ihnen stehenden bewaffneten Stallburschen. Obinna sah sich nicht um, doch er schätzte die finsteren Gestalten auf etwa fünf oder sechs, soviel glaubte er vorhin gesehen zu haben. Wenn es nicht *noch* mehr waren!

Dumnorix mischte sich ein. Er bemühte sich um eine unterwürfige Gestik und Mimik, als er die Aufmerksamkeit des Eunuchen auf sich zog.

„Wir konnten fliehen", sagte er. „Nachdem die Mordbuben uns ausgeraubt und uns unseren mageren Tageslohn genommen hatten, wollten sie uns töten. Zwei von uns wurden schwer verletzt. Wir konnten die Kerle in die Flucht schlagen, weil wir uns tapfer gewehrt haben. Doch für unsere Kameraden kam jede Hilfe zu spät. Sie starben in unseren Armen. Deshalb auch das Blut an unseren Körpern." Er hoffte inständig, dass seine Worte glaubhaft und ehrlich genug klangen. Die anderen nickten beipflichtend und bedrückt. Aikaterine brachte sogar ein leises Schluchzen zustande. „Wir wollten uns sicher verstecken, da wir befürchteten, dass die Kerle Verstärkung holen würden", fuhr Dumnorix fort. „Bitte verzeiht uns, dass wir den Versuch gewagt haben, uns hinter euren sicheren Mauern verbergen zu wollen."

„So, so." Der Eunuch musterte sie schweigend von oben bis unten, einen nach dem anderen. Immer wieder blieben seine Augen dabei am Schwengel Obinnas hängen. Bei dessen Anblick bleckte er die Zähne, als ob er ein hungriger Hund sei der eine Wurst erspähte. „Viel Blut", sagte er. „Ihr seid gewissermaßen blutüberströmt. Geradezu schauderhaft seht ihr aus, als seid ihr im letzten Augenblick einem Gemetzel entronnen. Da dachtet ihr, der gute Medusa wird euch schon helfen, was?" Er kicherte wie ein zu groß geratenes, monströses Schulmädchen. Dann überlegt er kurz und kratzte sich am teigigen Kinn.

„Ihr werdet", sagte er großmütig, „für heute Nacht meine Gäste sein. Ihr seid einfache Tagelöhner, jedoch von erstaunlichem Wuchs." Wieder streifte sein Blick das Gehänge Obinnas. Auch den Schwengel des Galliers ließ er nicht außer Acht.

Dumnorix schluckte. Er schwieg, doch dachte er beklommen und mit trockenem Mund: *Bei euch Göttern! So steht uns bei, auf dass wir hier Ruhestätte und Hilfe finden, ohne in eine noch schlimmere Bedrängnis zu geraten!*

SEX IM ALTEN ROM

#6 Medusa der Eunuch

HISTORISCHER EROTIK-ROMAN
von *Rhino Valentino*

Kapitel 21:

MEDUSA DER EUNUCH

Drei Tage waren sie nun schon bei dem Eunuchen Medusa zu Gast.

Er hatte sie bisher höflich behandelt und kaum unter Druck gesetzt, wenngleich er keinen Hehl daraus machte, dass sie sich in seiner Gewalt befanden.

„Du, Nubier, magst zwar einen langen Schwengel dein Eigen nennen, doch bin ich es, der am längeren Hebel sitzt", hatte er einmal süffisant erklärt, als sie alle gerade um den großen runden Holztisch herum beim Essen saßen.

Sie waren ständig unter Aufsicht der Dienerschaft, der bewaffneten Sklaven und der Stallknechte. Eine Flucht von diesem Anwesen mit den hohen Mauern schien derzeit nicht ratsam. Sich beiläufig bei den Dienerinnen nach Neuigkeiten erkundigend, hatte Afra erfahren, dass Legionäre in ganz Rom verstärkt patrouillieren würden. Sowohl um die Stadt sicherer zu machen als auch wegen etlicher Sklaven, die gesucht würden.

Unter den gesuchten sind auch wir, dachte Afra beklommen. *Laetitia wird nicht eher ruhen, bis wir entdeckt und zu ihr gebracht worden sind. Tot oder lebendig. Zu hoch war der Preis gewesen, den sie seinerzeit auf dem Sklavenmarkt für Obinna, Dumnorix und mich bezahlt hatte. Zu groß sind auch ihr Stolz und ihre Rachsucht, als dass sie die Angelegenheit großmütig auf sich beruhen lassen würde.*

Was wusste der Eunuch? Er schien aufgeweckt zu sein und empfänglich für den neusten Tratsch und Klatsch, der auf den Gassen Roms die Runde machte. Nun waren sie beileibe nicht die einzigen Sklaven, die auf der Flucht waren. Rom war sehr groß, überall und ständig gab es Ärger mit entflohenen Dienern, ausländischen Söldnern oder gar Verbrechern. Rom konnte auch denen Schutz bieten, die ein dunkles Geheimnis zu verbergen hatten.

Dennoch spielten sie ein gefährliches Spiel. Falls Medusa Verdacht schöpfte und sie bei der Legionärsgarde meldete oder gar direkt mit der Fahndung nach ihnen konfrontiert wurde, hatten sie so gut wie keine Chance auf weitere

Flucht oder Gegenwehr. Sie waren sich einig, dass sie die nächstbeste Gelegenheit wahrnehmen mussten um zu fliehen. Halbwegs sicher konnten sie erst weit weg von Rom sein. Ständig schwebte über ihnen das Damoklesschwert von Gefangennahme und Tod.

Obinna, Dumnorix, Afra und Aikaterine waren in den ersten Tagen ihres Aufenthalts bei Medusa von den Wünschen und Ansprüchen des Eunuchen weitgehend unbehelligt geblieben. Wachsam und misstrauisch warteten sie auf Anzeichen, die darauf hindeuteten, dass ihr seltsamer Gastgeber eine Gegenleistung erwartete für die Heimstatt, die er ihnen vorrübergehend bot.

Diese Anzeichen machten sich an einem lauen Abend so deutlich und unverkennbar bemerkbar, dass sie zutiefst erschraken über die dreiste Schamlosigkeit des Eunuchen. Obwohl sie schon einiges Drastische erlebt hatten, wurden sie von dem lüsternen Gesuch Medusas überrumpelt.

Sie hatten sich nützlich gemacht, um nicht den Unmut ihres Gastgebers auf sich zu ziehen. Nebenbei wollten sie sich unbemerkt über ihr weiteres Vorgehen beraten. Afra schälte Esskastanien in der Küche. Aikaterine half der Köchin, Brotteig zu mischen und zu kneten. Obinna und Dumnorix hatten gerade Holz gehackt und schichteten nun Scheite an der Feuerstelle des Küchenherdes auf.

Es war soweit. Sie hatten ihrem Gastaufenthalt Tribut zu zollen.

Medusa erschien in der Küche, begleitet von seinem dicken kleinen Diener, den er „Salsiccia" nannte. Der Eunuch trug eine feine Tunika aus hellblauer Seide, die so dünn war, dass sein teigiger bleicher Körper hindurchschimmerte. Um ihn herum wogte eine aufdringliche Wolke schweren, süßen Parfüms. An seinen Armen und Beinen klirrten dünne, kunstvoll gefertigte Silberreifen und teure Glöckchen, wie sie die Huren trugen. Mit quengelnder hoher Stimme rief er gellend laut nach den beiden männlichen Sklaven, obwohl sich diese in seiner unmittelbaren Umgebung befanden.

„Nubier! Gallier!" wies er sie an. „Folgt mir in mein Gemach. Ihr sollt mir tüchtig zu willen sein! Hernach dürft ihr auf jegliche Arbeit verzichten und euch ausruhen. Zunächst aber müsst ihr euren Mann stehen."

Hab ich's doch gewusst! dachte Dumnorix alarmiert. Der Kerl hat es auf uns abgesehen! Er hat nur auf eine günstige Gelegenheit gewartet oder darauf, dass er lüstern und spitz genug sein würde, es mit uns zu treiben.

Die Frage war nur, was würde er mit ihnen anstellen? Soweit sie erkennen konnten, besaß der Eunuch kein Gehänge mehr. Da, wo bei einem normalen Mann der Schwengel und der Sack baumelten, war bei ihm nur eine leere

Stelle auszumachen. Zwischen seinen Beinen war keine Wölbung oder Ausbeulung zu erkennen, geschweige denn dass ein Zelt der Erregung den dünnen Seidenstoff der Tunika angehoben hätte.

Wie trieb es ein Eunuch? Trieb er es überhaupt, oder waren ihm derlei körperliche Genüsse für immer verwehrt? Wollte er sie am Ende zwingen, sich gegenseitig zu bespringen oder mit seinen Dienern Unzucht zu treiben, um dabei lediglich wohlgefällig zuzusehen?

Dumnorix meinte, die Abgründe und Perversionen der römischen Gesellschaft bereits zur Genüge kennengelernt zu haben. Jedoch ahnte er noch nicht, dass Medusa, der Eunuch, ganz eigene, schauderhafte Vorlieben des Geschlechtsverkehrs hatte. Die Tatsache, dass er entmannt war, verhinderte nicht, dass er skrupellos und triebhaft seine sexuellen Phantasien in die Tat umzusetzen bereit war.

Sie folgten ihm in seine Gemächer.

***

Afra hatte einen beachtlichen Berg Kastanien geschält. Weiß und aromatisch duftend lagen sie in einer großen Schüssel aus Ton und warteten darauf, geröstet zu werden.

„Zusammen mit Wildbret schmecken die ganz hervorragend", verriet ihr die Köchin Livia. Sie war als junges Mädchen von ihren Eltern als Sklavin verkauft worden, um Schulden abzubezahlen, die ihr Vater beim Würfelspiel angehäuft hatte. In diesem Hause hier hatte sie ihren Frieden gefunden und konnte ihre wunderbaren Kochkünste zur Entfaltung bringen. Medusa war ein Feinschmecker und schwelgte gerne lange und ausgiebig in den Genüssen der Gaumenfreuden. Afra mochte Livia und hatte die ältere, füllige Frau schon ins Herz geschlossen.

Aikaterine war mit dem Brotteig fertig und zerrieb gerade noch einige Zimtstangen über der gelben Masse. Zufrieden schien sie sich ihr Werk zu betrachten. In Gedanken jedoch war sie mitfühlend bei Obinna und Dumnorix und betete zu den Göttern, dass sie den beiden in den Gemächern des Eunuchen beistehen mochten.

Auch Afra war beunruhigt. Schon eine ganze Stunde lang war Medusa mit den beiden Sklaven im Schlepptau verschwunden. Seither war von ihnen nichts zu hören oder zu sehen.

„Was, glaubst du, tut er ihnen an?" wollte Afra leise von Livia wissen und wusch sich die Hände in der Steinschale neben der Tür, die zum Garten führte.

Livia zuckte mit den Schultern. „Mein Liebe", sagte sie nachsichtig. „Was wird er schon machen können? Einem gewöhnlichen Geschlechtstrieb kann er naturgemäß nicht nachgehen, da er in frühen Jahren zu einem Dasein als Mannweib gezwungen worden ist. Er wird sich eben wie eine Frau gebärden. Dein Freund, der Nubier wird ihn wohl begatten müssen. Vielleicht auch der Gallier. Es kann sein, dass dieser nur zusehen muss, wie der Schwarze seinen Schwengel schwingen lässt." Sie kicherte und gluckste, halb verschämt, halb belustigt.

„Ist er… schlimm?" fragte Aikaterine ernst in Erinnerung an den grausamen Kaeso Aurelius, dem sie erst vor drei Tagen entronnen waren.

„Nein, nicht wirklich", antwortete Livia. „Das heißt, es kommt natürlich darauf an, was du unter *schlimm* verstehst." Sie dachte kurz nach. „Die jungen Männer, die hier ab und an zu Gast sind, haben es bisher immer ertragen können, ihm beizuwohnen. Nie hat einer von ihnen sichtbare Verletzungen davongetragen. Zumindest, soweit ich es wahrgenommen habe." Sie lächelte Aikaterine aufmunternd zu und danach auch Afra. Die blonde Germanin hatte sich die Hände abgetrocknet und blickte grübelnd ins Leere.

***

Das Gebrüll ertönte plötzlich und unmittelbar. Es zerriss die Ruhe in der Küche. Von irgendwoher erklangen rasche Schritte. Diener murmelten vor sich hin und beratschlagten sich.

Livia ging langsamen Schrittes aus der Küche. Afra und Aikaterine kamen ihr nach. Die Geräusche ertönten aus dem oberen Stockwerk der Villa.

„Halt!" befahl ein Diener. Es war der dienstälteste Haussklave namens Asterios. Wie auch Aikaterine war er griechischer Abstammung. Vornehm und intelligent leitete er die Sklaven des Hauses und hatte ein Auge darauf, dass ihre Arbeitsleistung und ihr Benehmen den Anforderungen des Herrn genügten. „Niemand darf nach oben, während der Herr Medusa… *zugange* ist", sagte er. Nicht hochmütig oder wichtigtuerisch, sondern einfach nur sachlich. Ein wohltuend neutraler Mann, urteilte Afra. Ganz anders als die meisten Haushaltsvorstände unter den Sklaven, die, hatten sie einmal die Karriereleiter nach oben erklommen, ihre erhöhte Position ständig den anderen Sklaven unter die Nase rieben und sie triezten, wo immer sie konnten.

Livia nickte, nahm Afra und Aikaterine am Arm und zog beide wieder in dic Küche. „Kommt, meine schönen jungen Perlen", sagte sie freundlich. „Eure Sklavenfreunde werden schon fertig mit dem, was der gnädige Herr ihnen abverlangt."

Zögernd machten sich Afra und Aikaterine daran, Brot zu backen und Kastanien zu rösten.

***

„Hinein! Er muss hinein!" fiepte Medusa mit hoher, unsicherer Stimme. Sein ansonsten fast weißes Gesicht war tief gerötet. Schweiß stand ihm auf der Stirn. Seine geschminkten Augen traten beinahe aus den Höhlen. Die silbernen Arm- und Beinreifen an seinen Gliedern klirrten. Die süßliche Dunstglocke des Parfüms hing über dem Bett und verteilte sich im ganzen Raum.

Sie befanden sich auf einem sehr großen, zerwühlten Bett. Dumnorix kniete hinter dem Eunuchen. Außerhalb dessen Blickfeldes gab er sich keine Mühe, seinen Ekel und seine Abneigung vor der grotesken Situation zu verbergen.

Auf Anweisung des Eunuchen hatte er seine Hand tief in dessen Gesäßloch gegraben. Das große, wabbelige Hinterteil sah aus wie ein heller Vanillepudding, in dem ein ungewöhnlich dicker Holzlöffel steckte.

„Tiefer!" jaulte Medusa in höchsten Tönen. „Tiefer, du Barbar! Ich befehle es dir! Hinein mit deinem geilen Greifer!"

Dumnorix spürte sein Handgelenk durch den Muskelring der Hinterpforte des Mannweibes hindurchgleiten. Er meinte, seine bedauernswerte Hand im saugenden Maul eines schrecklichen braunen Fisches zu wissen. Langsam und unter Aufbietung aller Kräfte schob er die Hand weiter. Er streckte seinen Arm, änderte seine kniende Position etwas und schaffte es nun, weiter in den Unterleib des Eunuchen vorzudringen.

Dieser begann zu schreien wie ein Ferkel, das man lebendigen Leibes auf einen Bratspieß bohrt.

„Ihr grundgütigen Götter!" gellte er und versteifte seine Glieder. „Ich werde gepfählt! Ich werde lebend gepfählt!" Die Glöckchen und die Schmuckreifen klingelten hektisch.

In grimmiger Wut trieb der Gallier seinen Arm weiter voran. Schon steckte er mit der halben Elle im Gesäßloch Medusas. Der Eunuch zitterte und schwitzte, jammerte und stöhnte.

Obinna saß am Rand der Schlafstätte, voller Mitleid für den Gallier und voller Verachtung für das abnorme Mannweib. Zu gerne hätte er dem

Eunuchen einen oder auch mehrere harsche Fausthiebe beigebracht. Diese hätten es ihm gelehrt, künftig mehr Respekt vor männlichen Sklaven zu zeigen, welche wohl als tapfere Krieger, Diener oder Arbeiter, nicht aber als erniedrigte Darmstoßer ihr Dasein fristen sollten.

Verbissen überkam Dumnorix der Ehrgeiz, den verruchten Eunuchen zu quälen, ihm mit der Hand seinen Darm aus dem Unterleib zu schälen und ihn durchs gespreizte Gesäßloch herauszuziehen. Ihn um seinen aufgeblähten, fettigen Hals zu wickeln und damit zu würgen, bis er keinen Mucks mehr von sich gab! Wenn das nur möglich wäre... Die hohe, schrille Stimme Medusas tat ihm in den Ohren weh. Beinahe wünschte er sich, sich lieber kämpfend auf einem Schlachtfeld zu befinden oder umringt von Bestien im Circus Maximus anstatt zutiefst gedemütigt zu werden in diesem Bett der Schande. Sein Dasein als Mann war degradiert zu einer empörenden Peinlichkeit. Noch furchtbarer als die Situation an sich wäre gewesen, diese in aller Öffentlichkeit durchstehen zu müssen, verspottet und beklatscht von einer großen Masse Schaulustiger.

„Aah!" japste Medusa, zum Bersten angespannt. „Aaaaaaaaaah!"

Der starke Arm des Galliers war ihm bis zum Ellenbogen in den Unterleib hineingefahren. Die Armbeuge saß nun fest zwischen den bebenden Pobacken des Eunuchen.

Der Muskelring seines Gesäßloches schnürt mir das Blut ab! dachte Dumorix. Und kurz darauf: *Na wenn schon. Dann ist diese Existenz der Schande wenigstens ausgelöscht und mein armes Sklavenleben hat ein Ende. Ich werde meine Vorfahren besuchen! Oder als Geist meine geliebten Wälder Galliens wiedersehen!*

Noch tiefer würde es kaum gehen, doch Dumnorix versuchte es. Unermüdlich trieb er seinen Arm hinein in die schmierigen braunen Darmwindungen des Eunuchen. Er mochte sich gar nicht ausmalen, wie kotbeschmutzt sein armer Arm bereits war. Selbst wenn Medusa ihm jetzt befohlen hätte, innezuhalten oder den Rückzug anzutreten, er hätte einen Pfifferling darauf gegeben.

Ich werde sie aufspießen, diesen feiste Qualle! schwor sich Dumnorix. Schon steckte er bis zur Unterkante des Oberarmes im Darmloch Medusas.

Obinna pfiff leise zwischen seinen strahlend weißen Zähnen hindurch. Ein Warnlaut. Dumnorix wusste, was er damit sagen wollte. *Nimm dich in Acht, reiße dich zusammen und nicht dem Eunuchen sein Hinterloch auf! Wenn er ernsthaft verletzt wird, sind wir verloren. Vergiss nicht unsere Zukunft und die letzte Chance, die sich uns bietet! Wir werden einen Weg hier herausfinden, aber lass uns diese Sache unbeschadet hinter uns bringen.*

Medusa stöhnte schmerzerfüllt, beinahe wie eine gebärende Frau. „Ich muss mich herumdrehen", weinte er, benebelt vom enormen Druckgefühl und blanker Geilheit. Unendlich langsam wie eine träge Schildkröte wand er sich um den Arm des Galliers herum und drehte sich auf den Rücken.

Dumnorix wurde es ganz schlecht bei dem Anblick, als er das kastrierte Mannweib vor sich liegen sah. Sein Schritt war der Schrecken eines jeden echten Mannes und schürte tiefsitzende Ängste, die mit Schwengelverlust und Eierlosigkeit zu tun hatten.

Da, wo einstmals auch bei Medusa das Gehänge gewesen war, sah man lediglich ein vernarbtes, faltiges Loch von der Größe einer Erbse. Die Entfernung seines Schwengels und des Sackes war vermutlich schon lange her, denn die Narben waren erst auf den zweiten Blick zu erkennen und hatten beinahe die Farbe der übrigen Haut. Das Loch konnte nur mehr zum Wasserlassen benutzt werden und war mitnichten das, was eine Frau zur Verfügung hatte.

„Reibe es!"

Dumnorix erstarrte, als er die garstige Anweisung vernahm. Und wieder kam sie, diesmal fordernder und noch schriller: „Reibe es! Reibe das Loch!"

Der Gallier schluckte, den Oberarm fest umspannt vom starken Muskelring des Eunuchengesäßes. „Ihr... Ihr habt doch kein... Gehänge..." brachte er hervor, beschämt und verzweifelt. Er hörte sich wie aus weiter Ferne reden. Als ob sich seine Seele bereits vom Körper getrennt hätte. War es so, wenn man starb? Ging man so auf Distanz zum eigenen Leib? Wurde einem bewusst, dass die Seele etwas eigenes, ganz anderes war als der Körper, welches man aber erst nach einem langen Leben erfahren konnte im Angesicht des Todes?

„Ich brauche kein Gehänge!" keifte der Eunuch atemlos. Er meinte, einen wüsten, unbehauenen Baumstamm in seinem Darm zu spüren, der sogleich aus seinem Mund hervorbrechen würde, wenn er noch tiefer in seinen Leib getrieben würde. „Mein Loch ist gut!" behauptete er in einem wimmernden, fiebrigen Singsang. „Besser als das eines Weibes! Reibe es! Reibe!"

Der Gallier rieb. Verbittert und voller Ekel massierte er das vernarbte Vorderloch des Eunuchen. Nichts schwoll an wie bei einer Frau, nichts wurde feucht. Es war fast, als ob man ein trockenes Gesäßloch riebe, das sich an der verkehrten Stelle befand.

Dumnorix hatte einmal einen Sklaven kennengelernt, der als Waffenknecht auf dem Schlachtfeld Roms ein Bein verloren hatte. Ein Gegner hatte es ihm mit dem Beil halb durchtrennt. Im Feldlazarett der Legionäre musste das Bein schließlich ganz durchgesägt und der Stumpf mit glühendem Eisen ausgebrannt werden, damit sich keine Fäule im Körper ausbreiten konnte.

Der Sklave hatte ihm erzählt, dass er das Bein manchmal spüre, obwohl der Verlust schon einige Jahre her war. Wenn ein Unwetter sich ankündigte oder auch wenn er sehr aufgeregt war und nervös, meinte er sein verlorenes Bein zu spüren, als ob es wieder da sei. Es kam sogar vor, dass er des Morgens im Halbschlaf ein Jucken verspürte und sich kratzen wollte. Seine Finger gingen dann ins Leere.

War es bei dem verdammten Eunuchen ähnlich? Meinte auch er manchmal sein Gehänge zu spüren, um daraufhin vergeblich seine Hand nach ihm zu auszustrecken? Hatte er gar Erlebnisse mit einem Geisterschwengel, wenn sein nicht vorhandenes Glied sich nach oben zu recken begann?

Letztendlich war das alles egal. Gehorsam walkte und nestelte Dumnorix mit seinem Arm im Darm des Medusa herum. Gleichzeitig streichelte er widerwillig mit seiner freien Hand das Kastratenloch des Mannweibes.

Endlich schien der Eunuch der Befriedigung nahe zu sein. Doch nicht genug waren ihm die Anstrengungen des fleißigen Galliers. Jetzt herrschte er auch noch den Nubier an, sich an dem schamlosen Getümmel zu beteiligen.

„Peitsche mich, Schwarzer!" gurrte Medusa mit spitzem Mund. Zwischen seinen rotgeschminkten Lippen tropfte Speichel hervor. Seine Armreifen klirrten. Die Glöckchen an seinen Beinen läuteten hell und leise. „Peitsche mich mit deinem Riemen!"

Ungerührt folgte Obinna der Anweisung. Er packte seinen Schlauch mit der Hand und ließ ihn umherkreisen. Ellenlang und dicker als das Handgelenk einer Frau, fuhr der Schwengel durch die Luft.

Klatschend landete er schließlich auf dem schwabbeligen Po des Eunuchen. Dieser schrie auf, entzückt über die Steigerung seines Vergnügens.

„Bestrafe mich, schwarzer Hengst!" flehte Medusa schwitzend. „Ich war *so* unanständig! Alle können es bezeugen!"

Das glaube ich dir aufs Wort! dachte Obinna grimmig. *Selbst ein Schwein, das sich in einer dreckigen Lache suhlt, hat mehr Anstand als du Qualle!*

Streng hieb er mit seinem schweren Schwengel auf den Po des Mannweibes ein. Die bleichen, weichen Hinterbacken erzitterten. In weißen Wellen vibrierte das Fleisch des Eunuchen. Schwarz, straff und stark, aber ohne jegliche Spur von Erregung donnerte der Riemen Obinnas auf das zweckentfremdete

Hinterteil Medusas nieder. Wütend dachte der Nubier daran, wie herrlich es wäre, den unverschämten Eunuchen einer tatsächlichen Bestrafung zuzuführen. Rücksichtslos und heimtückisch nutzte er ihre Lage aus und missbrauchte die geflohenen Sklaven für seine niederen Zwecke. War dies sein Charakter? Oder wurde man so, wenn man sein Gehänge verlor und sich der Geist auf andere, widernatürliche Spielwiesen der Lust begab?

Obinna hatte keine Lust, dies jemals am eigenen Leib herausfinden zu müssen. Er wollte überleben, gesund und unversehrt, zusammen mit seinen Freunden, den Sklaven: dem tapferen Gallier, der hilfsbereiten Griechin… und *Afra*.

Unermüdlich schlug er weiter mit seinem fleischigen Prügel auf den Eunuchen ein, der zunehmend leiser wurde. Entweder verließen ihn die Kräfte, oder er war dem Höhepunkt der Geilheit nahe.

Beides war wohl der Fall. Ohne einen sichtlichen Lustgipfel zu erlangen, geschweige denn Schwengelschleim ausstoßen zu können, gebot Medusa dem Treiben Einhalt.

„Es ist vollbracht!" verkündete er so würdevoll wie jemand sein konnte, dessen Gesäßloch von einem Männerarm penetriert wird. „Gallier, weiche von mir."

Dumnorix zog seinen Arm rasch und ungeduldig hin- und herdrehend aus dem Po des Eunuchen. Mit Entsetzen stellte er fest, dass glänzender brauner Darmdreck den Arm vollends bedeckte. Es fing an zu stinken und roch widerwärtig nach dem Leibesinneren des Mannweibes. Krümel von matschigem Kot fielen aufs Bett.

Medusa sank auf die weichen Kissen und stöhnte langgezogen und erleichtert.

„So unglaublich erfüllt war ich noch nie, Sklaven!" lobte er. „Noch niemals zuvor hat meine zarte und schüchterne Darmhöhle eine solch gewaltige Begehung erfahren. Nicht ein menschlicher Forscher war es, der sie erkundete… Nein! Vielmehr ein Trupp trampelnder Elefanten!" Er kicherte hinter vorgehaltener Hand, verstohlen und albern.

Während er sich mit der einen Hand die Nase zuhielt, versuchte Dumnorix seinen geschändeten Arm so weit wie möglich von sich weg zu halten, als sei er ein ungewollter Fremdkörper. Der Darmdreck des Eunuchen klebte ebenso an ihm wie der Makel des eben erlebten schändlichen Treibens.

„Ihr Sklaven werdet", so keuchte Medusa ermattet, „für euren Fleiß belohnt. Das verspreche ich euch."

Kapitel 22:

FAULE FRÜCHTE

„Habt ihr sie erwischt?" Laetitia erwartete ihren Gatten und seine Bediensteten aufgeregt und atemlos am Eingangsportal.

Magnus schüttelte den Kopf. „Leider nein", antwortete er betrübt. „Sie scheinen wie vom Erdboden verschluckt."

„Weit können sie nicht sein." Laetitia zog eine finstere Miene. Ihre schwarzgefärbten Augenbrauen bogen sich nach unten und legten strenge Falten um ihre Augen. Obwohl sie sich schon weit jenseits der dreißig Lebensjahre befand, sah sie normalerweise um ein halbes Dutzend Jahre jünger aus. Jetzt aber, mit sorgenumwölkten Sinnen, machte sie den Eindruck, als wäre sie binnen kurzer Zeit um Jahre gealtert. Dabei wäre es so einfach gewesen, ihre Leichtigkeit und Lebensfreude beizubehalten: Großmut und Vergessen hätten dazu geführt, dass sie sich nicht um die entflohenen Sklaven gegrämt und dabei ihren Seelenfrieden behalten hätte. Für ihre unmittelbaren Lebensumstände kam es auf ein paar Sklaven mehr oder weniger nicht an. Jedoch war es ihr unmöglich, über die peinliche Angelegenheit hinwegzusehen. Da war das Hurengeschäft, welches jetzt stark beeinträchtigt war. Da war der Schadensersatz, den sie dem enttäuschten und erzürnten Kaeso Aurelius würde leisten müssen. Alles in allem hatten ihr die vier entflohenen Sklaven großen materiellen und seelischen Schaden zugefügt. Zudem lief sie in Gefahr, sich zum Gespött der Römer zu machen. Kaum hatte ihr kleines Hurenhaus am Tiber begonnen, Gewinn abzuwerfen, nahmen die vier besten Huren Reißaus. Das durfte nicht ungesühnt bleiben.

„Sie müssen öffentlich geschlachtet werden!" zischte Laetitia. „Himmel und Hölle sollen in Bewegung gesetzt werden, um sie zu erwischen. Dem Nubier werde ich seinen geschmacklos langen Schwengel öffentlich malträtieren lassen! Mal sehen, wie lange das Ding gezogen werden kann, bis es reißt!" Sie hatte einen roten Kopf und redete sich in Rage. „Die Griechin werde ich vierteilen lassen! Schreien soll sie, wahnsinnig vor Schmerzen, bis das blutige

Bersten ihrer Glieder zum Tode führt oder die Ohnmacht sie erlöst!"

Magnus schluckte. Mit seiner Gemahlin war heute nicht gut Kirschen essen. Dies würde ein anstrengender Tag werden, und es war erst Mittag. Vielleicht würde er Gelegenheit finden, sich davonzustehlen, an den Hafen zu seinen Lagerhäusern etwa. Ohnehin stand bald die langersehnte Schiffsreise nach Ägypten an. Die längste und abenteuerlichste Handelsfahrt, die er in seinem ereignisreichen Kaufmannsleben bisher unternommen hatte. Eine Reise ins ferne Land der Pyramiden und der sagenhaften Pharaonenschätze. Wie ein Kind freute er sich schon darauf.

„Die Germanin aber wird auf eine ganz besonders exotische Weise sterben", frohlockte Laetitia bösartig. „Sie hat meine Gutherzigkeit und Großzügigkeit aufs Schändlichste ausgenutzt. Ich hätte sie zur berühmtesten und bestbezahlten Hure Roms machen können, diese dumme Gans! Stattdessen wird sie zur meistbesehenen und am lautesten beklatschten Leiche des Circus Maximus werden."

Bei dem Gedanken erschauderte Magnus. Wie unendlich schade wäre es um das wunderschöne hellhäutige Geschöpf aus Germanien, wenn es mit dem Tode bestraft würde! Letzten Endes hatte sie nur das getan, wozu ihr Instinkt ihr geraten hatte. Wer weiß, was dieser perverse Teufel Aurelius mit ihr angestellt hatte… Jede Katze floh aus einem Hause, in welchem sie schlecht behandelt wurde. Da war es naheliegend, dass eine Sklavin dasselbe tat, mochte sie auch nicht viel mehr Verstand als eine Katze besitzen. Vermutlich war es auch der Nubier, dieser obszöne Rammler mit dem Gehänge eines Stiers, der sie zur Flucht überredet hatte! Nein, die Blonde mit dem Engelsgesicht traf keine Schuld an der Misere oder höchstens eine geringe.

Magnus sah den Ursprung seiner milden Gedanken in reinem, herzensgutem Mitleid. Was war er in seinem Empfinden für ein wunderbarer, lieber Mensch! Tränen der Rührung glitzerten in seinen Augen ob seiner eigenen Güte. In Wirklichkeit war es die Erinnerung an die herrlichen Gefühle, die die Germanin durch das Lutschen seines Schwengels damals im Garten in ihm hervorgerufen hatte, welche ihn nun versöhnlich mit ihr stimmte. Ein Wesen, das eine solche Begabung als Lustspenderin hatte, durfte nicht einfach sterben! Magnus sah das Ganze mehr pragmatisch als rachsüchtig. Er hoffte, dass seine Gemahlin sich umstimmen lassen würde, wäre die Blonde erst gefangen und schmachtete im Kerker.

„…Aussetzen", sagte Laetitia gerade. „Wie viel meinst du, wäre angemessen?"

„Äh, verzeihe, meine liebe Gattin", stotterte Magnus verlegen. „Ich habe einen Augenblick lang nicht zugehört, da ich dich in Gedanken zutiefst bedauert habe und an deine grandiose Leistung beim Aufbau des Hurenhauses denken musste."

„Ich sagte gerade, wir sollten eine Belohnung aussetzen auf die Ergreifung der vier Undankbaren", wiederholte Laetitia. „Wie viel wäre wohl angemessen?"

Magnus zuckte mit den Schultern. „So viel, dass die Gier der Legionäre und Bürger geweckt wird und sie uns eifrig bei der Fahndung helfen. So wenig allerdings auch, dass der finanzielle Schaden dadurch nicht wesentlich größer wird als der, der uns bereits entstanden ist."

Laetitia nickte zufrieden. Ihr Ehemann mochte zwar ein träger, unnützer Begatter sein, für Bockspiele und Abnormitäten wenig und selten zu gebrauchen. Selbst seine Zunge war nur gut zum Feilschen bei Geschäftsverhandlungen, allenfalls auch zum Schlürfen von Wein, nicht aber zum kundigen Lecken einer Frauenspalte. Aber er war ein umsichtiger und hervorragender Kaufmann mit einer fast magischen Begabung für Geld, das musste man ihm lassen.

Es dauerte nicht lange, und sie hatten sich auf eine Locksumme von Sesterzen geeinigt, die sie zur Belohnung aussetzen wollten. Sogleich schickte Laetitia nach einem Schreiber, der die Bekanntmachung auf Tontafeln ritzen würde, die alsbald in ganz Rom aufgehängt würden.

Der Nubier, der Gallier, die Griechin und die Blonde konnten sich auf etwas gefasst machen. Die Tage ihrer Flucht würden bald gezählt sein.

***

Medusa, der Eunuch, klatschte in seine teigigen weißen Hände. „Zu Tisch, ihr Lieben!" rief er wie eine rührselige Mutter, die ihre Familie zum Mittagessen ruft.

Hätten sie es nicht besser gewusst, sie würden ihn in diesem Moment fast als liebenswürdig und treusorgend eingeschätzt haben. Doch nur zu gut erinnerten sich Obinna und Dumnorix an das schauderhafte Beisammensein mit dem Eunuchen in seinem großen Bett, das sich am gestrigen Tage ereignet hatte. Sie hatten Afra und Aikaterine davon berichtet, die ihre Erzählung mit Erschrecken vernommen hatten. Nun wussten diese auch, was es mit dem furchtbaren Gebrüll und Gestöhne auf sich gehabt hatte, das sie am Vortag in der Küche gehört hatten.

So ist er nun mal, hatte die Köchin Livia ihnen seufzend erklärt. *Er hat einen eigenartigen Bettgeschmack, ist aber an und für sich ganz harmlos.*

Zu Frauen vielleicht, hatte Afra beunruhigt gedacht. *Aber der arme Obinna und der kleine Gallier, sie leiden unter den sexuellen Ansprüchen des Mannweibes.*

„Zu Tisch, zu Tisch!" bekräftigte Medusa und schüttelte seine weiße Faust, die ein Messer fest umschlungen hielt. Dieses Mittagessen war sogleich auch das Frühstück. Der Eunuch pflegte spät aufzustehen und erwartete dies auch von seinen Bediensteten. Er hasste es, Geräusche im Haus zu hören, während er noch schlafen wollte. Jetzt aber war er ausgeschlafen und hungrig.

Es wurden keine teuren Kostbarkeiten aufgetischt, wohl aber solide römische Hausmannskost, vorzüglich zubereitet und appetitlich serviert. Da gab es mit Honig überbackenen Schweinebraten, kandierte Früchte, süße Weintrauben und frisches Brot. Dazu der Honigwein Mulsum, aromatisiertes Wasser und geröstete Pilze. Ferner wurden Käse, Datteln, Oliven und in einer großen Schüssel der Dinkelbrei Puls gereicht, der in Wasser und Salz gekocht worden war.

Ohne Worte fielen sie über das Essen her.

Verstohlen musterte Dumnorix seinen Arm, der jetzt Essen schaufelte und mit dem Messer mundgerechte Portionen vom Fleisch schnitt. Vor kurzem hatte dieser Arm noch tief im Hinterteil des Eunuchen gesteckt. Anschließend hatte der Gallier den Arm lange und ausgiebig gewaschen, mit Seife, Duftöl und einer harten Bürste. Die Muskeln seines Armes schmerzten noch von der ausdauernden Begehung der braunen Hinterpforte.

Medusa aß mit großem Appetit und sehr zügig. So war er auch schneller fertig als alle anderen. Während seine Gäste und die Bediensteten noch kauten und schluckten, wischte er sich den Mund mit der Leinenserviette ab.

„Ich esse viel, obwohl mich das Loch schmerzt", gestand er freimütig. „Das viele Essen wird eine große Anhäufung des Darmdrecks in mir verursachen. Dieser wird meiner Hinterpforte nicht ohne unangenehme Schmerzen entweichen." Ungerührt drehte er seinen Oberkörper etwas auf dem Hocker herum und befühlte sein Hinterteil.

„Die Stoßerei mit dem Arm war derart ungestüm und gewaltig, dass hierbei der Muskelring meines Lochs in Mitleidenschaft gezogen worden ist", sagte er in leicht vorwurfsvollem Ton. Er schaute dabei den Gallier an, der rot wurde und verschämt nach unten sah. Obwohl er gänzlich unschuldig an der widerlichen Aktion gewesen war, war er doch eindeutig dazu genötigt worden!

„Heute Morgen", fuhr der Eunuch fort, „fiel der Darmdreck aus meiner Öffnung, ohne dass ich pressen musste. Das ist sehr ungewöhnlich. Normalerweise gebäre ich Würste nur unter großer Anstrengung. Mir scheint, dass der Muskelring meines Hinterlochs ausgeleiert ist wie der Kragen der Tunika eines Menschen mit Wasserkopf." Er blickte sich in der Runde um, als suche er Rat, Zuspruch oder Mitleid.

Nacheinander beendeten die Gäste und Bediensteten das Essen. Den meisten war der Appetit gründlich vergangen. Aikaterine betrachtete die Weintrauben auf der Tonplatte vor sich. Einige davon waren verdorben und schon ganz schwarz vor Überreife. Sie rochen nach Fäulnis. Angeekelt warf sie faulige Trauben, die sie bereits in ihrer Hand hatte zu Boden. Unauffällig natürlich, um ihren Gastgeber nicht zu verärgern.

Der Eunuch war mit seinem Vortrag noch nicht zu Ende.

„Das Problem ist", sagte er stirnrunzelnd, „dass die Gefahr besteht, unkontrolliert und plötzlich Darmdreck zu verlieren. Die Muskeln meiner Hinterpforte halten diesen nicht mehr fest unter Verschluss. Nicht auszudenken, wenn dies beim Einkaufen auf belebten Straßen oder gar in einem Tempel oder Bürgerhaus geschähe."

Obinna zog verächtlich die Mundwinkel auseinander, ohne dass der Eunuch es sah. *Mistkerl, unverschämter!* dachte er. *Sorgst dich um dein Ansehen. Gerade du! Wo du in deinem eigenen Haus und in deinem Bettgemach ein solch widerwärtiges und rücksichtsloses Benehmen an den Tag legst, so dass es selbst einer Schmeißfliege auf einem Kothaufen grausen würde!*

Afra war weniger in wütende Gedanken versunken als ihr schwarzer Sklavenfreund. Vielmehr machte sie sich Sorgen über das, was der Eunuch wohl schon wissen oder ahnen mochte und was nicht. Von der Köchin Livia hatte sie beiläufig erfahren, dass anscheinend alle im Hause des Medusa ihre Geschichte glaubten. Selbst Livia hielt die Erzählung vom nächtlichen Überfall auf die Sklaven für wahr. Der Eunuch jedoch war sehr gewitzt und schlau. Er stellte eine Bedrohung für sie dar. Nach wie vor waren sie gut beraten, so bald wie möglich das Weite zu suchen.

Als hätte sie ihre Gedanken erraten, meldete sich Aikaterine zu Wort und richtete es an ihren „Gastgeber".

„Werter Herr", sagte sie vorsichtig und höflich. „Wir danken euch sehr für eure großzügige Gastfreundschaft. Doch bald müssen wir wieder fort von hier, da sich unsere Lieben bestimmt schon um unseren Verbleib Sorgen machen."

„Aber ihr seid doch gerade erst gekommen", erwiderte Medusa in einem hohen, lamentierenden Singsang. „Seid doch noch ein bisschen meine... Gäste." Er grinste fast wölfisch, was gar nicht zu seiner frauenhaften Stimme passen wollte.

Dumnorix stieß Obinna unter dem Tisch mit dem Fuß leicht an. Sie wechselten einen Blick. *Weg von hier,* signalisierte Obinna. *Bald! Sonst fliegt unser Schwindel noch auf.* Dumnorix Augen verkündeten: *Ja! Lass uns abhauen, demnächst! Ansonsten wird mich das schreckliche Mannweib noch zwingen, mit dem Bein oder gar Kopf seinen Darm zu erkunden!*

„Bevor ihr geht, erhaltet ihr eure Belohnung dafür, dass ihr mir Vergnügen ins Haus gebracht habt", sagte Medusa feierlich. „Die fruchtreiche Ernte für diese frohen Stunden bekommt ihr alle von mir. Habt noch etwas Geduld. Bald werden sich unsere Wege trennen." Er schüttelte neckisch seinen Zeigefinger. „Dann werdet ihr mich aber bestimmt arg vermissen. Die Tage hier in meinem Hause werden euch im Nachhinein wie Urlaub erscheinen."

Sie nickten pflichtbewusst. Obinna, Dumnorix, Afra und Aikaterine schmiedeten in Gedanken bereits Pläne, wie sie bald davonschleichen könnten, unbemerkt von den Dienern, bewaffneten Sklaven und Stallknechten.

***

Am Abend hatte der Eunuch wieder Lust auf sie.

Lauernd stand er im Türrahmen und hatte zum Glück eine Tunika aus dunkler Wolle an, so dass ihnen der Anblick seines verstümmelten Unterleibes erspart blieb.

„Einer muss mich begatten", sagte er im gleichgültigen Ton eines Waschweibes, das davon spricht die Seifenlauge für die Kleiderwäsche anzurühren. „Mein Loch hat sich etwas erholt. Der Muskelring ist stärker geworden. Dennoch würde ich kaum etwas verspüren, wenn du mit deinem Schwengel in mich dringst, Gallier. Ich schlage deshalb vor..." Er wandte sich an Obinna. „Ich schlage vor, dass du, Nubier, es mit deinem Rohr einmal versuchst!"

Obinna blickte dumpf und resigniert zu Boden. Da er auf einer Liege saß und Dumnorix sich vor ihm befand, waren seine Hände vor den Blicken Medusas verdeckt. Obinna hatte beide Hände zu Fäusten geballt. Sie sahen beeindruckend aus, wie dunkle Eisenkugeln, die mit Leichtigkeit den Tod bringen konnten.

„Einer muss mich begatten", wiederholte der Eunuch beharrlich. „Nubier, tue etwas für die Gastfreundschaft, die ich euch in meiner grenzenlosen Güte gewähre. Besorge es mir! Auf, auf, voran!"

Obinna rührte sich nicht. Dumnorix sah ihn auffordernd an. *Tu, was er von dir will, Großer!* empfahl sein Gesichtsausdruck. *Mach, dass er zufrieden ist und keinen Verdacht schöpft. Bald ist es vorüber und wir haben unseren Frieden.* Letzteres hoffte er lediglich inbrünstig, aber er hegte Zweifel.

„Ich werde dir deinen puddingweichen Hintern aufreißen!" knurrte Obinna. „Deine Titten packe ich und drehe sie im Kreis herum, bis die Warzen rot glühen, Mannweib!" Langsam stand er auf. Seine dunklen Augen funkelten voller Gewalt und Energie.

Medusa wurde noch bleicher als er ohnehin schon war. Seine Gesichtshaut schimmerte wie der Bauch eines Albino-Karnickels im Sonnenlicht.

„Wie erlaubst du dir mit mir zu sprechen?" fragte er. Es sollte streng und empört klingen, klang aber eher verängstigt und devot. Er wich zurück und trat aus dem Türrahmen in den Nachbarraum.

„Ich nehme dich her!" zischte Obinna und folgte ihm. „Bleibe nur stehen! So will ich dir zeigen, was ich mit einem verrückten geilen Mannweib imstande bin anzustellen! Deine Hinterpforte werde ich aufreißen, als sei sie der Schnabel einer Mastgans, die es zu stopfen gilt!"

„Wahnsinniger! Schandtäter!" lockte Medusa ihn aus dem Nebenraum mit einem Tonfall zwischen Bewunderung und Tadel. „Das wagst du nicht! Mich, einen großen Herrn, grob anzufassen wäre verrucht und eine schwere Straftat!"

Entgeistert sah Dumnorix, wie Obinna im Nebenraum verschwand. Ein Augenblick später ertönte ein lautes Klatschen und ein Schmerzensschrei. Weitere klatschende Geräusche zerschnitten die Abendruhe. Der Eunuch fing an zu heulen, doch es war ein langgezogener, provozierender Laut. Mehr geiles Lockrufen als wirkliches Geschrei der Angst und der Schmerzen. Offensichtlich gefiel dem verrückten Bastard die grobe Behandlung.

„Dumnorix! Hilf mir, dieses Scheusal zu bändigen!" rief Obinna außer Sichtweite.

Der Gallier ging in den Nebenraum, wo schon ein hitziges Gefecht entbrandt war. Obinna hatte dem Eunuchen die wollene Tunika vom Leib gerissen und drosch mit der flachen Hand auf den Nackten ein.

Die Wut erwachte in Dumnorix. All sein Ekel und sein Abscheu schürten Hassgefühle in ihm. Nur zu gern wollte er dem schamlosen Mannweib seinen ungezügelten Geschlechtstrieb heimzahlen. Im Nu war er bei ihm und packte ihn bei den Ohren. Brutal riss er daran, so dass der Kopf nach vorne zuckte. Als dieser in Bodennähe war, hieb der Gallier kräftig mit dem Fuß gegen ihn. Die silbernen Reifen an Armen und Beinen klirrten hektisch. Die Glöckchen bimmelten aufgeregt.

„So habt Erbarmen!" jaulte Medusa begeistert. Oder hatte er nun wirklich Angst und verspürte Panik und Schmerzen? Den beiden Sklaven war es egal. Sie waren es leid, unter den Launen und Gefühlswirrungen des Eunuchen zu leiden. Ob es ihm in seiner Perversion gefiel oder auch nicht, Prügel hatte er sich redlich verdient.

Zunächst wollte Obinna jedoch seine Neugier befriedigen.

„Wie kam es dazu, dass du deinen Schwengel verloren hast?" fragte er streng.

Medusa schüttelte den Kopf, bockig und verschwiegen.

Dumnorix half seinem Erinnerungsvermögen etwas nach, indem er ihm mit den Fingerknöcheln eine harte Kopfnuss versetzte. Es knackte, als ob ein Eisenhammer auf eine Kokosnuss träfe.

„Autsch!" Medusa rieb sich den Kopf. Er besann sich kurz und flüsterte dann: „Es ist eine widerwärtige Geschichte, die ihr nicht hören wollt!"

„Oh doch, wir wollen sie hören", versicherte Obinna unnachgiebig. „Sie kann kaum widerwärtiger sein als es dein gestriges Benehmen war. Erzähle, und zwar rasch, ehe mir wieder die Hand ausrutscht."

Der Eunuch zögerte kurz und fing dann an, von seiner Kindheit zu erzählen.

„Ich lebte als Kind wohlhabender Kaufleute in einem Vorort von Rom. Mein Vater war Gaius Vergilius Plautus, ein großer Handelsreisender, der sich als Jüngling in den Legionen Roms große Verdienste erworben hatte und anschließend meine Mutter heiratete, welche die Tochter des wohlhabenden…"

„Komm zur Sache", unterbrach ihn Dumnorix und strich sich ungeduldig über seinen rotblonden Schnauzbart. „Wir wollen vom Verlust deiner Eier hören. Kein Gefasel über deinen Familienstammbaum!"

Medusa schluckte und nickte hastig. Er sah, dass Obinna seine Hand zur Faust geballt und erhoben hatte. „Schon gut", sagte er. „Ich fasse mich kurz."

„Ja, kurz", wandte Dumnorix grinsend ein. „Aber nicht *so kurz* wie dein nicht vorhandenes Gehänge, bitte sehr. Ein paar Details müssen schon sein."

Verunsichert fuhr der Eunuch fort zu erzählen: „Also, mein Vater unternahm weite Reisen in den Orient, was damals ziemlich unüblich war. Aufgrund dessen war er einer der wenigen, die mit den Orientalen Handel trieben, und brachte es auf einige sehr gewinnbringende Geschäfte. Er fing an, mich auf seine Reisen mitzunehmen, sobald ich das Alter von zwölf Jahren erreicht hatte. Meine Mutter blieb zuhause und führte zusammen mit dem alten Wirtschafter das regionale Geschäft. Wir reisten also umher, die Kamele beladen mit Bronzegeschirr, Edelmetallen, Schmuck, Waffen, römischem Tuch, Ölen und Gewürzen. Eines Tages machten wir Rast in einer Beduinenstadt voller weißer Zelte und Orientalen mit Dromedaren und Ziegenherden. Es war ein Volk, das dem Sultan eines gebirgigen Landstrichs unterstand, unweit des Schwarzen Meers gelegen." Medusa kratzte sich nachdenklich am Kinn. Seine dunkel geschminkten Augen blickten wie in weite Ferne.

„Natürlich waren wir auf die Gutmütigkeit und den Respekt des Beduinenvolkes angewiesen", erklärte er. „Wir waren gut bewaffnet, sahen uns jedoch einer großen Übermacht gegenüber. Die Beduinen haben aber eine ganz eigene, geradlinige Ehre, welche oft überraschend standhaft und offenherzig ist. Man erfährt sie, indem man entweder zu ihrem Volk gehört oder aber sie respektiert und dies auf großzügige, geschickte Weise zeigt. Gastfreundschaft ist ihnen heilig, und sie würden sich lieber steinigen als sich nachsagen lassen, ihre Gäste schlecht zu behandeln."

„Es war also alles ganz toll und sicher dort", fasst Obinna ironisch zusammen.

„Nun, nicht ganz", antwortete Medusa zögernd. „Es begannen… einige Schwierigkeiten, als mein Vater anfing, sich für wundervoll geschmiedete Klingen aus Damaskus zu interessieren."

„Schwerter?" wandte Dumnorix ein.

„Schwerter", bestätigte Medusa. „Oder vielmehr Säbel. Krummsäbel und auch gerade Stilette, lang und dünn. Meisterhafte Messer von einer Schärfe und Eleganz, die zur damaligen Zeit in ganz Rom unbekannt waren. Zudem leicht von Gewicht und damit auch leicht zu transportieren. Die Römer hätten meinem Vater die Klingen aus Damaskus aus den Händen gerissen und jeden Preis dafür bezahlt. Eine enorme Gewinnspanne stand in Aussicht. Mein Vater wollte den Beduinen alle Klingen abkaufen, die sie hatten." Er machte eine kurze Pause, vergewisserte sich, dass beide Sklaven keine Anstalten machten, ihm eine Ohrfeige oder Backpfeife zu servieren, und fuhr dann fort: „Mein Vater hatte nicht mehr genug Geld bei sich, um die Klingen bezahlen zu können. Er bat den Beduinenführer, ihm die Klingen dennoch alle auszuhändigen. Er würde bald wiederkommen und die Ware bezahlen. Es war ein gewaltiger Gewinn zu erwarten beim Verkauf der Klingen in Rom, wo überwiegend eher grobe und schwere Eisen- und Bronzewaffen gängig waren, zumindest damals. Geschäftstüchtig witterte mein Vater den erfolgreichsten Handel seines Lebens. Der Beduinenführer hat zugestimmt und meinem Vater sämtliche Klingen, die er erübrigen konnte, auf die Kamele laden lassen."

„Und wann kommen jetzt deine Eier ins Spiel?" wollte Dumnorix wissen.

„Geduld", bat Medusa. „Mein Vater hatte nun also, was er wollte. Die Beduinen gaben meinem Vater Kredit, was ungewöhnlich war. Sie wollten aber eine Sicherheit, die er zurücklassen musste und die sie behalten würden, wenn er nicht wiederkommen sollte."

„Diese Sicherheit warst du", kombinierte Obinna scharfsinnig. Er lächelte, als der Eunuch nickte.

„Mein Vater hat mich bei den Beduinen zurückgelassen und versprach mir, bald mit dem Geld für die Klingen zurückzukommen und mich auszulösen. Natürlich ließ er mich nicht alleine dort, sondern zusammen mit seinem Verwalter, der ihn auf seinen Reisen immer begleitete, und zwei seiner Sklaven. Bevor der volle Mond dreimal aufgegangen sein würde, wäre er wieder da, so sagte er. Inzwischen hatte er vollstes Vertrauen in das Beduinenvolk, welches die ganzen Wintermonate rasten wollte am Fuß der Berge, wo ihre Dromedare und Ziegen ausreichend Futter fanden. Die Beduinen sicherten ihm zu, auf ihn zu warten und mich ihm wohlbehalten zurückzugeben, sobald er das geschuldete Geld brächte. Allerdings sagten sie auch, dass sie nur bis zum Frühjahr warten würden. Sollte er bis dahin nicht zurückkehren, würden sie mich mitnehmen und er sähe mich nie wieder."

„Lass mich raten", sagte der Gallier. „Dein Vater ist nicht wiedergekommen?" Er klang ernst, zeigte aber wenig Mitgefühl. Der Eunuch war ein gefühlskaltes, selbstsüchtiges Schlitzohr und zu allem bereit, wenn es seinem Vorteil und seinem Vergnügen diente. Sie wussten nicht, ob er sie nicht gar belog mit dieser merkwürdigen Geschichte aus dem Land der Wüste.

„So war es", bestätigte der Eunuch. „Mein Vater kam nicht wieder. Ich wartete und wartete. Auch der Verwalter wurde immer unruhiger. Als der dritte Monat verstrich, flehte ich nachts den Mond an und bat ihn, meinem Vater den Weg zu leuchten. Vielleicht würde er ja gleich um die nächste Sanddüne kommen, begleitet von Dutzenden Sklaven und die Kamele beladen mit Säcken von Sesterzen. Aber so war es nicht." Medusa schwieg einen Augenblick lang. „Als der vierte Vollmond vorüber war, haben die Beduinen die beiden Slaven getötet, die mein Vater mit mir zusammen zurückgelassen hatte. Den einen gruben sie im Sand ein und steinigten ihn, weil er es gewagt hatte, fliehen zu wollen. Dem anderen hackten sie den Kopf ab. Mit einer scharfen Klinge aus Damaskus." Medusa räusperte sich. „Den Verwalter und mich haben sie fortan wie Sklaven behandelt, uns die Hände zusammengebunden und… unsere Hinterpforten besucht, wann immer es ihnen gelüstete. Sie sind von ihrem Winterlager aufgebrochen und umhergezogen. Am Schwarzen Meer schließlich wurden wir als Sklaven bei einer Auktion verkauft. Den Verwalter hat ein Sklavenhändler aus den fernen schwarzen Ländern gekauft. Er befürchtete, dass sie ihn essen würden, weil er schon zu alt war für harte Arbeit und weil Fleisch von Weißen bei manchen Stämmen als teure Delikatesse gälte. Wie ein Vieh wurde ihm eine schwere Eisenkette um den Hals gelegt. Er weinte, als ich ihn das letzte Mal sah, und wünschte mir alles Gute. Ich machte ihm Mut und sagte ihm: *Sei tapfer, Verwalter. Gräme dich nicht. Es wird nichts so heiß gegessen, wie es gekocht wird!*"

„Wer hat dich gekauft?" fragte Dumnorix.

„Es war der Gesandte eines Großwesirs aus Bagdad", sagte Medusa. Sein inneres Auge blickte beeindruckt und verängstigt auf das Ereignis der Vergangenheit. „Er hat mich zu seinem Herrn geschleppt, der am Schwarzen Meer militärische Verhandlungen führte. Der Großwesir hat mich dann in seiner großen Karawane nach Bagdad gebracht."

„Dort wurde dir dann das Gehänge abgeschnitten?" mutmaßte Obinna.

„Nicht sofort", sagte Medusa ausweichend. „Erst sollte ich an ein Bordell verkauft werden. Dann hat mich aber ein Haremswärter in seinen Stab aufgenommen. Er unterstand dem Kalifen, welcher auch der Gebieter des Großwesirs war."

„Du hast einen Harem bewacht?" fragte Dumnorix neugierig.

„Ja. Nachdem ich eine Ausbildung absolviert hatte", bestätigte Medusa stolz. „Es waren wohl um die acht Dutzend Frauen, die wir zu beschützen und bewachen hatten. Eine schöner als die andere. Einige füllig, aber nichtsdestotrotz sehr attraktiv und überaus anmutig."

„Wie war die Ausbildung?" Obinna beugte sich vor.

„Zunächst galt es, Verhaltensregeln zu lernen. Ich musste den vielen Frauen des Kalifen und ebenso seinen zahlreichen Kindern jeden Wunsch von den Lippen ablesen. Zu ihnen zu sprechen oder in ihre Augen zu blicken war streng verboten. Es galt, die Regeln des Anstands und der Höflichkeit genau zu beachten, was angesichts der fremden morgenländischen Kultur gar nicht so einfach war. Die Regeln sind nicht alle dieselben wie die der römischen Kultur.

Manche stehen sogar im Widerspruch zueinander."

„Wann ging es um die Wurst? Erzähle uns endlich hiervon!" drängte Dumnorix.

Medusa schaute ihn irritiert an und verstand dann. „Eines Morgens eröffnete mir der oberste Haremswärter, dass ich nun bereit sei und die Ehre hätte, in seinem Stab zu dienen als Beschützer und Betreuer der Kalifenfrauen. Erst kurz vor der Kastration wurde mir mitgeteilt, was mit mir geschähe."

„Hast du das denn nicht gewusst? Die anderen Haremswärter waren doch auch Eunuchen, die sich von ihrem Schwengel bereits verabschiedet hatten?" hakte Dumnorix nach.

„Ich war erst zwölf Jahre alt!" sagte Medusa vorwurfsvoll. „Wie hätte ich das wissen sollen? …Sie schleppten mich in einen Küchenraum. Eine Hebamme wartete da schon mit einem scharfen Messer, Nadel, Faden und heißen Tüchern. Als ich das alles sah, wusste ich, was sie mit mir vorhatten. Für eine Flucht war es zu spät. Diese wäre ohnehin wohl kaum möglich gewesen. Verzweifelt schrie ich immer wieder den Namen meines Vaters. Warum nur war er nicht zurückgekommen und hatte mich ausgelöst? War er in der Wüste überfallen und beraubt worden? Ich wusste es nicht. Haremswärter und Sklaven hielten mich fest, während mir eine große Dattel in den Mund gesteckt wurde, um mein lautes Schreien zu unterdrücken. Um den Mund banden sie mir ein Tuch. Wegen der Dattel konnte ich nur noch grunzen und stöhnen. Das war auch besser so. Denn die Schmerzen, die folgen sollten, waren so ungeheuerlich, dass selbst der Kalif persönlich in seinen weit entfernten Gemächern mein gellendes Schmerzensgebrüll gehört hätte, wäre ich nicht geknebelt gewesen. Ihm wäre vermutlich der Turban vom Kopf gehüpft vor Schreck."

Der Eunuch senkte die Stimme und raunte im Tonfall eines Verrückten, der von seinen Verfolgungsängsten erzählt: „Noch heute habe ich immer wieder Albträume, in denen ich die schreckliche Operation dieser Hebamme erlebe, immer und immer wieder. Als ich wehrlos dalag und mir alle vier Gliedmaßen festgehalten wurden, nahm sie mit der linken Hand meinen Schwengel und mit der rechten Hand das Messer. In diesem Moment erschien sie mir wie der finsterste Dämon, den man sich vorstellen kann. Wie sie so über mich gebeugt dastand mit ihrer Hakennase und den wirren schwarzen Haaren… Nüchtern, sachlich und aufmerksam wie ein Arzt! Als sei das, was sie da vorhatte, etwas ganz Alltägliches und Normales!" Medusa sprach schneller. Der Schweiß glänzte auf seiner Stirn. Die Erzählung nahm ihn sichtlich mit. „Erst spürte ich den Schnitt gar nicht. Etwas Kaltes, Hartes fuhr in mich hinein. Dann sah ich mit blankem Entsetzen, wie die Hebamme ein Stückchen blutiges Fleisch hochhielt und es achtlos von sich warf, als wäre es Abfall."

„Dein Schwengel!" staunte Dumnorix atemlos.

Medusa nickte verbittert. „Erst als ich sah, was da nun für immer verloren war, kam der Schmerz: Ein gewaltiges, furchtbares Brennen in der Leibesmitte, das kein Ende mehr nehmen wollte. Von dem grausamen Schmerzgefühl wurde ich nur durch ein zweites, ebenso schlimmes abgelenkt. Als sie mir den Sack abschnitt!"

Obinna verzerrte seine Mundwinkel und schnitte eine Grimasse des Mitleids.

„Inmitten der tosenden Schmerzen um das blutspritzende Loch herum, wo vor kurzem noch mein kleiner Schwengel gewesen war, mischte sich der heillose Schrecken, als die Alte sich an meinem armen Eierbeutel zu schaffen machte", berichtete der Eunuch. „Ohne Mitgefühl zerrte sie mit ihren blutbeschmierten Fingern am Sack und zog ihn in die Länge. Mit zusammengebissenen Zähnen säbelte sie mir den Beutel ab!"

„Fielen die beiden Eier heraus?" fragte Dumnorix gebannt.

Medusa schüttelte den Kopf. „Sie sind wohl am Unterleib befestigt an einer Art Ader, Schläuchlein oder Muskel. Alles wurde mir jedoch durchgetrennt. Die Alte warf es in die Ecke, als wollte sie einen Hund damit füttern. Sogleich machte sie sich daran, die Wunden zuzunähen. Ich heulte erbärmlich, wollte dass eine gnädige Ohnmacht mich erlöse, doch dies geschah nicht. Bei vollem Bewusstsein nähte die alte Hebamme die Wunden zu. Stümperhaft, grob und gelangweilt, als ginge sie das alles nichts an. Ab und an goss ein Haremswärter Wein über die Wunden. Es brannte wie flüssiges Feuer! Ich wollte nur noch sterben." Tief atmete er ein und wieder aus. „Nun ja, dann… Langsam habe ich mich wieder erholt von der Sache. Die Wunde verheilte. Zurück blieb ein kleines Loch um Wasser lassen zu können." Verlegen schwieg er.

„Dann warst du also Haremswärter bei dem Kalifen in Bagdad", sagte Obinna. „Wie lange warst du dort?"

„Etwa zehn Jahre. Wir Eunuchen standen abwechselnd vor den Türen der Frauengemächer und hielten Wache. Oft eine langwierige Angelegenheit, die wir aber mit allerlei Spielen und Liedern würzten." Medusa brachte ein schiefes Lächeln zustande.

„Was für Lieder?" fragte Obinna interessiert.

Medusa räusperte sich. „Eines davon ging so", sagte er und begann leise cinc Mclodic zu singcn:

„Hier steh ich mit dem Schwert und wache
Mutig, weil ich ein Mannweib bin!
Mich stört nicht mehr die weiche Sache,
Die zwischen meinen Beinen hing.

Ich kann spähen, lauern, spionieren:
Keine Geilheit lenkt mich ab,
Weiß nicht wie´s geht, das Onanieren,
Weil ich keinen Schwengel hab!

Mein Vorderloch ist nur zum Pissen,
Mein Geist ist rein, die Sinne satt;
Nie werd´ ich mehr mein Teil vermissen,
Das einst zu mir gehöret hat!"

„Wunderbar!" kicherte Dumnorix. „Ihr Eunuchen hattet zwar keine Schwengel mehr, aber einen Sinn für Humor."

Medusa fuhr fort zu erzählen: „Als ich Anfang zwanzig war, wurde ich einem Geschäftsfreund des Großwesirs verkauft, der eine Schwäche für Mannweiber hatte. Als er meiner überdrüssig wurde, schenkte er mir die Freiheit. Er war ein guter Mann."

„Daraufhin bist du in deine Heimat zurückgekehrt, vermute ich?" Obinna sah den Eunuchen erwartungsvoll an.

„Nicht sofort", entgegnete der. „Ich hatte kaum Geld. Ich habe es mir verdient mit Diensten aller Art. Als ich ein Kamel und etwas Geld hatte, konnte ich mich einer Handelskarawane anschließen, die sich in Richtung Rom bewegte."

„Die Art dieser Dienste lässt sich unschwer erraten", wandte Dumnorix schelmisch ein. „Deine Kunden haben vermutlich jede Nacht deinen braunen Dienstboteneingang genommen! Ein Rein und Raus, wie beim Zerstoßen von Getreide im Steinkrug mit dem Mörser!"

Medusa äußerte sich nicht dazu. Er beendete seine Erzählung: „Ich kehrte zurück zu meinem Elternhaus. Mein Vater war inzwischen gestorben. Meine Mutter lebte noch. Händeringend und zeternd empfing sie mich, bestürzt über meine Entmannung, zugleich auch erleichtert über meine Rückkehr. Sie verstarb dann wenige Jahre später."

„Hast du herausgefunden, warum dein Vater dich nicht aus der Wüste heimgeholt hat?" wollte Dumnorix wissen.

„Ja", sagte Medusa mit trübem Blick. „Er hatte die edlen Klingen aus Damaskus in Rom verkauft, dafür aber weit weniger Geld erhalten, als er erhofft hatte. In seiner Abwesenheit waren nämlich große Mengen an ähnlichen Klingen aufgetaucht und hatten die Preise gründlich verdorben. Das hieß, dass die Bezahlung, die er mit den Beduinen für ihre Klingen vereinbart hatte, viel höher war als sein Profit. Ein denkbar schlechtes Geschäft! Da mein Vater ein geschickter Kaufmann war, konnte er nicht zu den Beduinen zurückkehren, um mich auszulösen."

„Er hat sie um ihr Geld betrogen und dich, seinen Sohn im Stich gelassen", stellte Dumnorix fest. „Abscheulich!"

„Es hat ihn letztendlich wohl auch sehr gegrämt", meinte Medusa, als wolle er das Verhalten seines Vaters entschuldigen. „Noch auf dem Sterbebett beklagte er seine Sünde, wie mir meine Mutter berichtete. Wenigstens hatten mir beide ihr Haus und ihren ganzen Besitz vererbt. Von dem Vermögen konnte ich mir diese Villa hier kaufen und musste seitdem nie wieder arbeiten."

Obinna schüttelte fassungslos den Kopf. Ihm fehlten die Worte.

Sie schwiegen. Der Eunuch tastete mit seinen Blicken den Raum ab, bemüht langsam und unauffällig. „Noch auf dem Sterbebett beklagte er seine Sünde. Mein Vater, ja ja," murmelte er. Plötzlich sprang er auf.

Bevor Obinna oder Dumnorix ihn packen konnten, rannte er in seiner bleichen Nacktheit zur Fensterwand. Ein federgeschmücktes Bronzeschild, zwei Lanzen und mehrere Kurzschwerter hingen dort. Behände schnappte er sich ein Schwert, riss es von den Eisenhaken und umschloss den Griff mit der Faust. Mit einem hellen, singenden Geräusch glitt die Klinge aus der Scheide.

Dumnorix schnellte auf ihn zu. Hatte also die ganze Geschichte nur dazu gedient, sie einzulullen, schläfrig zu machen oder ihr Mitleid zu schüren! Der Eunuch empfing ihn mit einem weit ausholenden Schwertstreich. Hätte er getroffen, wäre der Hals des Galliers zur Hälfte durchtrennt worden und sein Kopf blutspritzend nach hinten geklappt. So aber, nervös und fahrig ausgeführt, ging der Streich ins Leere.

Als das gefährliche Mannweib wieder das Schwert schwingen wollte, traf ihn der harte Fußtritt Obinnas in die speckige Hüfte. Mit einem Klatschen und einem spitzen Aufschrei schleuderte der Eunuch zu Boden. Das Schwert glitt ihm aus der Hand. Dumnorix trat gegen den Schwertgriff, so dass die Waffe über den glatten Steinboden rutschte, fort von dem Übeltäter.

„Gerade eben der brave Geschichtenerzähler, und jetzt der heimtückische Meuchelmörder!" rief Obinna und baute sich über dem Eunuchen auf. Nackt, zitternd und jammernd hockte der auf dem Boden und wagte nicht, die beiden Sklaven anzusehen.

„Wir erteilen dir jetzt eine Lektion, weißhäutiges Mannweib!" kündigte Obinna an. „Ungeachtet deiner rührseligen Erzählung, mag sie nun stimmen oder nicht."

„Jedes Wort daran ist wahr!" beteuerte Medusa weinerlich. „Sie…"

Die schallende Backpfeife des Galliers bog seinen Kopf in einem schrägen Winkel zur Seite.

Medusa hatte nicht nur versucht, sie beide für seinen Geschlechtstrieb zu missbrauchen. Nun war er sogar mit dem Schwert auf sie losgegangen. Er würde bekommen, was er verdiente. Die aufgestaute Wut und der Ekel Obinnas und Dumnorix´ entluden sich.

Es wurde Medusa zum Verhängnis, dass er zuvor seinen Bediensteten jegliches Beiwohnen der geplanten Bespringung verboten und sie zum Ignorieren der Lustlaute ermahnt hatte. Im Glauben, jedes Jaulen und Gestöhn gehöre zum Lustgeschrei ihres Herrn, griff keiner von denjenigen ein, die die Geräuschkulisse vernahmen.

Dem nackten Eunuchen wurde so auf die Hinterbacken gedroschen, dass sie rot zu leuchten begannen wie die Laternen eines Hurenhauses. Bald waren beide Augen blau geschlagen, die Brust verquollen und schmerzpulsierend von den kräftigen großen Pranken Obinnas, der sie knetete und quetschte wie einen hartgewordenen Kuchenteig, der weich geklopft werden muss.

Die spitzen Schreie des Mannweibes und sein unnatürlich theatralisches Gebaren stachelten die Wut der beiden Sklaven noch mehr an. Sie fühlten sich verhöhnt. Mochte das lüsterne Vieh diese Behandlung gar? Obinna klammerte seine Finger fest in beide Hinterbacken Medusas und zog sie mit aller Kraft auseinander. Die Öffnung des Hinterns zeigte sich ordinär und hässlich wie die braune Erdhöhle eines Fuchses und war fast genauso groß. Wie das Tor des Verderbens in einem geschmacklosen Märchenbuch lag die Pforte des

Eunuchen vor ihnen. Aus ihr heraus stank es. An ihren Rändern klebten getrocknete Reste von Kot.

„Loche ein, Gallier!" schrie Obinna, in Rage geraten. „Zeige dieser selbstherrlichen Darmdiva, *wie weit* man gehen kann!"

„*Gehen* wird sie danach so schnell nicht mehr können!" lachte Dumnorix. Er wusste jetzt worauf es ankam und auf was sein Sklavenkollege hinauswollte. Ohne Zeit zu verlieren ballte er die rechte Hand zur Faust, brachte den Arm in Stellung und trieb ihn dann voran. Er stützte sich dabei mit den Beinen an der Wand ab, um beim Vorwärtsdrängen einen festen, unnachgiebigen Halt zu haben.

Medusa brüllte wie am Spieß und hörte nicht mehr auf damit. So etwas hatte er noch nie erlebt. Es war, als ob ein Streitwagen mit acht Pferden durch sein Darmloch geritten käme, an den Rädern rotierende Klingen und auf dem Wagen ein Mann mit schwingender Peitsche. Sein Loch wurde explosionsartig geweitet, der Muskelring bis zum Zerreißen gespannt. Adern platzten auf, Darmwände wurden verletzt. In roten Rinnsalen rann Blut über die Hinterbacken des kreischenden Eunuchen und benetzte den Steinboden. Obinna nahm die zerrissene Tunika des Eunuchen und stopfte sie ihm in den aufgerissenen Mund. Das Gezeter erstarb und wich einem erstickten, verzweifelten Ächzen.

So fuhren sie eine Weile fort mit der Prozedur. Die Faust des Galliers hieb durch die blutende Hinterpforte, die es nicht wagte sich zu verschließen, da zwischen den einzelnen Fauststößen des Sklaven jeweils nur wenige Augenblicke lagen.

„Wer uns heimtückisch versucht mit dem Schwert zu töten, hat sein Recht auf Gnade verwirkt!" informierte Obinna ihr Opfer.

Von irgendwoher ertönten Geräusche. Stimmen, ein Rufen vielleicht oder ein Weinen. Egal. Obinna und Dumnorix malträtierten den geknebelten Eunuchen, der sie tags zuvor so schändlich missbraucht und entehrt hatte.

Der Arm des Galliers begann zu ermüden. Er glänzte von Kot und Blut. Dumnorix zog die Faust aus dem Po seines Opfers und betrachtete sie. Sie sah nicht gut aus und roch noch schlimmer. Er spreizte die Finger, beugte sich nach vorne und hieb dem Eunuchen mehrmals die schmutzige Hand ins Gesicht.

„Da hast du auch was davon!" empfahl er. „Frisch aus dem Inneren deiner Darmhöhle!"

Beschmutzt, gequält und in sich zusammengesunken ließen sie von Medusa ab. „Der hat genug", meinte Obinna versöhnlich. „Jetzt sind wir quitt."

„Klug war das nicht gerade", meinte Dumnorix und versuchte sich die Hand sauber zu wischen an der Tunika des Eunuchen, die er diesem inzwischen aus dem Mund gezogen hatte.

Von seinem Knebel befreit, hatte der verrückte Eunuch sogar den Mumm und die Unverschämtheit zu kichern. „Sie sind schon da", gluckste er und hustete sogleich, sich die schmerzende Brust reibend. Die roten Striemen der brutalen Marter Obinnas prangten darauf wie Brandmahle.

„Wer ist schon da?" fragte Obinna misstrauisch.

„Die, zu denen ich einen Boten sandte, noch bevor ich euch zur Begattung rief", stöhnte Medusa heiser. Nackt am Boden liegend, tastete er mit beiden Händen nach seinem Loch am Hintern, ob es noch da sei. Er meinte vielmehr, die flammenlodernde Pforte der Hölle zwischen seinen Hinterbacken zu spüren, so pochte und brannte der Schmerz. Das Loch schien offen zu stehen wie das Tor einer Scheune.

„Das ist Afra!" rief Obinna und geriet außer sich. Er hörte die blonde Germanin entsetzt schreien. Waren es Warnrufe? Auch eine andere Frau war zu vernehmen, nicht minder in Aufregung versetzt.

„Aikaterine", stellte Dumnorix fest. „Da ist etwas passiert!"

Kaum dass sie an der Tür waren und nach unten eilen wollten, wurde diese harsch aufgestoßen.

Legionäre standen im Türrahmen. In voller Montur mit Brustpanzern, Helmen und Harnischen. Schwerbewaffnet mit Speeren und Schwertern. Hellwach, lauernd und zum Äußersten bereit.

„Im Namen Roms, ihr seid…"

Ehe er das Wort „Verhaftet" aussprechen konnte, sprangen die beiden Sklaven in Richtung der geöffneten Terrasse. Sie war groß und breit und führte zum Garten. Kaum dort angelangt, blickten sie auf ein Dutzend gefährlich glänzender Spieße, die von unten her auf sie gerichtet waren.

„Der ganze Garten ist voll von denen!" schrie Dumnorix. „Wir sind in der Falle!"

„Das seid ihr allerdings", sagte einer der Legionäre. „Ergebt euch! Dann lege ich ein gutes Wort für euch ein, und ihr erfahrt vielleicht die Gunst eines raschen, schmerzlosen Todes."

Unten waren jetzt deutlich die hellen Stimmen von Afra und Aikaterine zu hören. Obinna schluckte. Afra rief seinen Namen.

„Sie sind schon oben!" schrie er in der Hoffnung, sie würde ihn hören. „Oh

Afra, so halte aus! Dir werden sie nichts tun!"

Spöttisch schüttelte der wortführende Legionär den Kopf, während seine Kollegen jetzt mit Ketten zugange waren und die zwei Sklaven grob zusammenbanden. Er war wohl ein Hauptmann oder dergleichen, aber dennoch etwas zu feige. Denn er wartete mit seinen erhellenden Worten, bis Obinna und Dumnorix sich kaum mehr regen konnten, so viele schwere Ketten hatte man ihnen umgelegt.

„Dass dem Weibsvolk nichts getan wird, dafür kann ich nicht garantieren", verkündete der Legionär amüsiert. „Eure Herrin ist sehr, sehr wütend. Ihr habt sie mit eurer Flucht zutiefst beleidigt und bloßgestellt. Ich hatte das Vergnügen, sie persönlich kennenzulernen, und, nun ja…" Er zuckte mit den Achseln. „Um ehrlich zu sein, in meinem ganzen Leben habe ich noch nie ein hasserfüllteres Frauenzimmer erlebt." Er lachte. „In eurer Haut möchte ich nicht stecken."

„Ihr werdet sterben!" höhnte der Eunuch Medusa. Er hatte es geschafft sich zu erheben und sich eine Tunika über den Leib zu ziehen. „Ihr werdet sterben, grausam und unterhaltsam, und ich will das sehen." Trotzig rieb er sich das gequälte Hinterteil, die braune Pforte so ausgeleiert wie die eines gebratenen Fasans, durch die ein Apfel gesteckt worden war.

Für einen Eunuchen hatten die Krieger Roms nur Verachtung übrig, mochte er noch so vornehm und wohlhabend sein. Ohne ihn weiter zu beachten, zogen sie die zwei Sklaven an den Ketten aus dem Raum hinaus zur Treppe.

***

„Er hat uns verraten", raunte Aikaterine Dumnorix zu, als sie sich im Vorhof der Villa wiedersahen, umringt von zahllosen Soldaten. „Nach dem Essen ging er in die Stadt, wo er Tontafeln entdeckte, auf denen wir zur Fahndung ausgeschrieben waren. Er hat des Abends eine Botschaft zu den Legionären schicken lassen."

Dumnorix nickte verbittert. „Das ist also die Belohnung für unseren Fleiß, von der er sprach", sagte er leise. „Fürwahr, es sind faule Früchte, die er uns geboten hat." Er spuckte zu Boden. „Die dreisteste Frechheit ist die, dass er sich von uns noch bespringen lassen wollte, bevor die Legionäre kamen. Seelenruhig hat er uns noch eine Geschichte aus seinem verkommenen Eunuchendasein erzählt."

„Wo bringt ihr uns hin?" fragte Obinna den Hauptmann der Legionäre.

„Das wirst du früh genug erfahren", antwortete dieser knapp. „Der Ort wird dir nicht sonderlich gefallen, soviel ist sicher."

Sie wurden alle vier in die schwarzen Katakomben geschleppt.

Kapitel 23:

BÜCKBOCK

„Das ist ja wunderbar!" Magnus klatschte in die Hände, als ihn die Nachricht am späten Abend erreichte. Er warf dem Boten ein Silberstück zu, der es geschickt auffing und sich sogleich von dannen machte.

Der Kaufmann wollte sich beeilen, die frohe Botschaft seiner Frau zu überbringen und ihre schlechte Laune damit aufzuhellen. Vergeblich: Sie stand bereits hinter ihm und hatte die Worte des Boten gehört.

Triumphierend strahlte sie Magnus an wie ein Raubtier, das weiß, dass die Beute nicht mehr entkommen kann. „Ich werde", sagte sie mit unverhohlener Freude in der Stimme, „die Rache so auskosten wie ein Festmenü Julius Cäsars, nachdem er von einer siegreichen Schlacht heimgekehrt ist."

Magnus fröstelte beim Anblick von Laetitias eisigen Augen. Er beschloss, seiner Gemahlin noch nicht heute von seinen keimenden Plänen zu erzählen. Sollte sie erst einmal ihren Sieg genießen. Hätte sich ihr erhitztes Gemüt etwas beruhigt, so hoffte er leichteres Spiel zu haben, um sie von seinem Vorhaben zu überzeugen.

Ein Plan, der zugleich dafür sorgte, dass ihm beim bloßen Gedanken daran ein Zelt aus der Mitte seiner Tunika wuchs. So gerissen, durchdacht und schweinisch war er!

***

Es waren unübersichtliche, düstere Steingänge, durch die sie gestoßen wurden, frierend und in Ketten gelegt. Alsbald wurden sie getrennt: Afra und Aikaterine wurden in den Frauentrakt des Gefängnisses verfrachtet, Obinna und Dumnorix in den Trakt der männlichen Gefangenen.

„Haltet aus!" machte Obinna den beiden Sklavinnen Mut, als sie aus seinem Blickfeld entschwanden. Sehnsuchtsvoll blickte Afra zu ihm zurück und winkte zum Abschied. Aikaterine rief tapfere Abschiedsworte. Dumnorix sah dcn zwci Fraucn traurig nach.

Ein Dutzend großgewachsener Legionäre eskortierten den Nubier und den Gallier, bis sie hinter massiven Eisengittern eingeschlossen waren. Nebeneinander, aber jeder für sich in einer Einzelzelle. Nachdem einer der Legionäre kurz Formalitäten mit einem Gefängniswärter ausgetauscht hatte, verschwand er.

Die beiden Sklaven sahen sich in ihren Zellen um, die weitgehend identisch waren: Um den kalten, feuchten Lehmmoden türmten sich hohe Steinwände auf. Die Steine waren dunkelgrau und grob behauen. An manchen Stellen waren sie bemoost. Hier und da waren schwere Eisenringe ins Mauerwerk eingelassen. Das Türgitter war breit und großflächig, die Eisenstangen so dick wie Handgelenke. Alle Zellen waren mit ihrer Gitterseite zum Gang hin gewandt und fensterlos. Die Zellen neben ihnen waren leer, soweit sie im spärlichen Schein der wenigen stinkenden Öllampen erkennen konnten. Außer einer, in der ein alter Mann auf dem schmutzigen Stroh des Bodens saß und sich gegen die Steinwand lehnte. Seine Arme waren emporgereckt, die Hände an Eisenringe gekettet. Der Alte trug einen riesigen, ungepflegten Bart von schmutziggrauer Farbe. Seine Augen hasteten gerötet und wirr in den Höhlen hin und her. Anscheinend war er völlig irr oder fieberkrank. Oder beides.

„Wieder zwei Vögelchen im Käfig", kicherte er, als er den Gefängniswärter außer Hörweite wähnte. Er hustete, rasselnd und laut. Es klang sehr ungesund, wie aus den Tiefen eines nassen, kalten Brunnens voller vergiftetem Wasser. „Ihr werdet noch gerupft werden, bis ihr reif seid für das Festbankett", verkündete er.

„Halt den Mund!" herrschte Obinna ihn an.

„Das Essen ist nicht gut hier drin, die Luft zu feucht und kalt. Wenn man krank ist, kommt anstatt eines Medicus der Wärter, der einen mit der Nadel sticht, um zu sehen, ob man noch lebt oder ob man verscharrt werden kann." Der Alte ließ nicht locker mit seiner unheilvollen Begrüßungsrede.

„Du machst dir wohl einen Spaß daraus, uns mit schlechten Neuigkeiten zu drangsalieren", stellte Dumnorix verärgert fest.

„Gibt sonst nicht viel Spaß hier unten in den schwarzen Katakomben", sagte der alte Bärtige. „Man kann versuchen, eine Ratte zu fangen, was das karge Essen etwas bereichert. Man spielt an seinem Gehänge herum, falls man noch die Kraft dazu hat. Oder man unterhält sich."

Die beiden Sklaven sahen sich schweigend an. Sie waren unweigerlich verloren. Hier aus diesem dunklen Verlies aus Steinen und eisernen Gittern würden sie nicht entkommen können.

„Die Wärter sind größenwahnsinnige Verbrecher", flüsterte der Alte heiser. „Es macht ihnen Freude, uns Gefangene zu quälen! Mich haben sie mit den Händen aufgehängt, seit so langer Zeit, dass ich gar nicht mehr weiß, wie lange ich schon so hänge. Weil ich sie beleidigt habe, angeblich. Ab und zu haben sie Erbarmen und hängen mich ab, aber nur um ihr gemeines Spiel zu treiben! Sobald sie wieder meinen, ich hätte sie mit Worten verletzt, denken sie sich eine neue Strafe aus. Es genügt eine einfache Antwort auf ihre hinterhältigen Fragen, und sie fassen es als Frechheit auf und handeln entsprechend. Wohl habe ich eine etwas spitze Zunge, aber dies, was sie hier tun… ist einfach nicht recht." Er hustete und spuckte aus. „Manchmal hängen sie mich auch an den Füßen auf und lassen mich einen ganzen Tag so hängen. Das Blut läuft mir in die Glieder und macht mich bleischwer, so dass die Schmerzen mich fast umbringen. Wenn ich Wasser lassen muss und den Urin nicht halten kann, rinnt er mir über Bauch und Brust bis ins Gesicht. Immer, wenn es dann fast so weit ist und die gnädigen Götter mich zu sich holen wollen, kommen diese vermaledeiten Wärter und hängen mich wieder ab."

„Was hast du denn angestellt?" fragte Dumnorix mitfühlend. „Warum wurdest du hier eingesperrt? Bist du auch ein entflohener Sklave?"

„Ich", sagte der Alte und kicherte. Das Kichern blieb ihm im Halse stecken und endete in einem längeren Hustenanfall, von dem er sich erst nach einiger Zeit erholte. „Ich war frech", brachte er schließlich hervor und atmete keuchend. „Ich habe einem Senator mit harschen Worten die Meinung gesagt im Angesicht seiner Freunde und Gönner, vor dem Senatsgebäude an einem hellen Sommertag. Daraufhin haben sie mich hierhergeschafft und seitdem sitze ich hier." Er kicherte, irr und in sich gekehrt. „Oder ich hänge, manchmal."

„Wie lange bist du schon hier?" fragte Obinna stirnrunzelnd.

„Das kann ich nicht abschätzen", antwortete der Alte hilflos. „Wohl war ich viel jünger als jetzt und trug noch keinen Bart, als ich hierherkam."

„Erschütternd", sagte Dumnorix und schüttelte den Kopf. „Was werden sie dann wohl erst mit uns machen…"

„Genug der Plapperei!" tönte eine dumpfe, unangenehme Stimme und hallte zwischen den nackten dunklen Steinwänden wider.

Ein Wärter hatte sich leise auf sie zubewegt oder sich gar herangeschlichen. Dabei hätte man ihm eine solche Behändigkeit aufgrund seiner massigen Statur gar nicht zugetraut. Er war groß und ungeheuer schwer, mehr fett als kräftig, von wüstem, hässlichem Aussehen und mit einem enormen Buckel. Sein Unterkiefer und sein Kinn waren riesig. Ein stacheliger Teppich aus Bartstoppeln prangte darauf. Seine Augen waren blutunterlaufen und so groß und starr wie Kuhaugen. Das Haar stand ihm wirr und fettig vom Kopf ab.

„Ich bringe euch das Abendessen", verkündete er. „Es ist schon spät, doch wir sind keine Unmenschen und kümmern uns um die Gefangenen. Auch wenn sie dem Tode geweiht sind!" Ein kehliger Laut drang aus seinem Hals. Er reckte den Kopf empor und würgte, senkte dann den Schädel und blickte nach unten. In seinen riesigen Händen trug er drei grob geschnitzte Holzschüsseln, in denen etwas Heißes dampfte.

Ächzend und laut schnarrend spuckte er einen Schleimbrocken in die oberste der Schüsseln. Ein langer, gelber Schleimfaden hing ihm aus dem Mund, während er dem Gallier die Schüssel reichte.

Dumnorix trat ihm mit einem gezielten Tritt zwischen den Eisengittern hindurch die Holzschüssel aus der Hand. Die Schüssel polterte zu Boden. Ihr Inhalt, eine braune Suppe mit Brocken darin, verteilte sich auf dem feuchten Lehm.

„Dafür", knurrte der bucklige Wärter, „gibt es morgen nichts zu fressen. Und übermorgen auch nichts, wenn ich schlechte Laune habe!"

„Er hat *immer* schlechte Laune!" verkündete der Bärtige aus seiner Zelle.

„Halt dein Maul, sonst hänge ich dich wieder verkehrt herum auf!" blaffte ihn der Bucklige an. Der alte Gefangene schwieg. Sogleich nahm er mit den nackten Füßen vorsichtig die Schüssel entgegen, die ihm der bucklige Wärter durch die Gitter hindurch reichte, nicht ohne vorher hineinzuspucken. Nur war es diesmal deutlich weniger Flüssigkeit, da der Bucklige bereits beim ersten Mal einen Großteil seines überschüssigen Schleimes losgeworden war.

Fassungslos sah Dumnorix, wie der Alte seine Holzschüssel mit den gespreizten Füßen festhielt und sie langsam und mit einer zitternden Verrenkung in Richtung Mund führte, während seine Hände hilflos an die Wand gekettet waren.

„Ja, der Kerl ist gelenkig geworden, seitdem wir ihm sein freches Maul damit stopfen, ihn an der Wand aufzuhängen!" lachte der Wärter dreckig und schadenfroh. „Er weiß, wenn er was verschüttet, muss er hungrig schlafen gehen." Er besah sich die letzte Schüssel, die er noch in den Händen hielt, und versuchte hineinzuspucken. Es kam nur etwas Speichel, weiß und unscheinbar. Das genügte ihm nicht. Mit der einen Hand die Schüssel haltend, führte er die andere zur Nase und hielt sich ein Nasenloch zu. Dann presste er kräftig Luft durch seinen Riechkolben und beförderte grüne Schlieren von Rotz in die Suppe.

„Damit sie etwas Würze hat! Ist sonst so fad", erklärte er großmütig und reichte Obinna die dampfende Schüssel. Der nahm sie, sah kurz auf das unappetitliche Essen und nahm dann den Wärter ins Visier. Dieser grinste ihn breit an und wähnte sich sicher aufgrund der schweren Eisengitter, die den Schwarzen von ihm trennten.

Obinna nahm die Schüssel in beide Hände und schüttete den Inhalt auf den Buckligen. Entgeistert traf diesen der Schwall heißer Brühe, floss ihm über Gesicht, Schultern und Brust und nässte ihn ein.

Zwischen hastigen und gierigen Schlucken von seiner Suppe lachte der Alte mit dem großen Bart meckernd. Er war begeistert.

„Na wartet bloß", drohte der Bucklige, nachdem er sich etwas gefasst und sich die Suppe aus den Augen gewischt hatte. „Ihr werdet morgen tüchtig rangenommen... Wer zuletzt lacht, lacht am besten!"

Dumnorix hockte sich gegen seine Zellenwand, legte den Kopf auf die angewinkelten Knie und verschränkte die Arme. Er wollte nur noch schlafen und sehnte die gnädige Erlösung durch einen tiefen Schlummer herbei, mochte sie auch noch so vergänglich sein.

***

Afra wachte auf, als etwas gegen die Gitter schlug. Sie öffnete ihre Augen, die noch ganz verklebt waren von verkrusteten Tränen.

Zwei Legionäre standen vor ihrer Zelle. Einer von ihnen hämmerte mit dem Griff seines Kurzschwertes gegen die Eisenstangen.

„Aufwachen, blonder Troll aus dem Barbarenwald", befahl der eine. „Deine Herrin ist da!"

Hinter den Legionären stand Laetitia. Sie trat hervor und wies die Soldaten an, einen Schritt zur Seite zu gehen. Die beiden zogen sich etwas zurück.

Laetitia baute sich vor Afra auf, die ihre verschwitzte Tunika zurechtrückte und auf dem schmutzigen Stroh des Bodens kauernd zu ihr aufsah.

„So sieht man sich also wieder... Du wirst erhalten, was du verdienst, dummes Stück", zischte Laetitia. Kalt sah sie auf die Germanin herab und stützte beide Hände in die Hüften. „Fliehen wollen! Vor *mir*! Was hättest du alles erreichen können in meinem Hurenstall! Die wohlhabendsten Bürger Roms hätten um eine Nacht mit dir gebuhlt und dich mit Sesterzen überschüttct."

„Mich?" Afra lachte. „Was habe ich denn verdient in eurem Bordell am Ufer des Tibers? Allenfalls ein Schluck Wein ist hin und wieder für mich abgefallen oder ein Stück Seife, mit dem ich meinen Körper pflegen konnte."

„Undankbarkeit! Ist es das, was dich dein schmutziges Waldvolk, von dem du entstammst, gelehrt hat? Oder bist du erst so undankbar, seit du den Reichtum und die Schönheit Roms kennenlerntest und seither meinst, dir stünde etwas von dem Glanz dieser Stadt zu? Nur weil du in ihr lebst?" Laetitia kochte innerlich. Zu gerne wäre sie mit bloßen Fäusten auf die Sklavin losgegangen, doch sie hatte sich vorgenommen, ihre Rachegelüste auf eine kühlere, edlere Art zu befriedigen.

„Nennt es wie ihr wollt, große Herrin vom Hügel Kapitol", entgegnete Afra ohne mit der Wimper zu zucken. „Ich wollte fliehen, ihr habt mich wieder eingefangen. Ich habe verloren, ihr habt gewonnen."

„Nein, nein." Laetitia verschränkte die Arme. „So einfach ist es nicht. Du hast mich mitsamt deinem Freundespack bloßgestellt und mich entehrt. Es wird eine große Menge Sesterzen kosten, die Schande wiedergutzumachen, die ihr mit der Flucht aus dem Hause des Kaeso Aurelius angerichtet habt! Zudem muss ich auch noch dieser habgierigen Qualle Medusa die versprochene Belohnung für eure Ergreifung bezahlen."

Afra zuckte mit den Schultern. Die beiden Legionäre beäugten sie aus dem Hintergrund, lauernd und schmachtend. Es schien, als wären sie voller Vorfreude und wüssten um den weiteren Verlauf der Dinge dieses Morgens. Einer raunte dem anderen feixend das Wort „Bückbock" zu.

„Deine Frechheit und Anmaßung bestärkt mich in meinem Entschluss, dich zu einer anstrengenden Stunde Frühsport zu verdonnern", sagte Laetitia hämisch. „Während du dich bemühst, schaue ich dir dabei zu. Vielleicht vergehen dir dann die aufmüpfigen Worte!" Sie nickte den zwei Legionären zu, die sich aus den Halbschatten der Steinmauern lösten und sich Afras Zelle näherten. Einer hatte einen Schlüssel in der Hand und öffnete die Zellentür. Mit einem Quietschen schwang sie auf. Der andere hatte schon damit begonnen, sich seines Lederwamses, des Helmes und des Brustpanzers zu entledigen.

„Wenn es *das* ist – das habe ich in den letzten Monaten zur Genüge getan", sagte Afra kühl und machte sich daran, die schmutzige Tunika auszuziehen. Innerlich jedoch war ihr alles andere als froh zumute. Müde, hungrig, verzweifelt und dazu etwas unterkühlt und sich in diesen stinkenden, feuchten

Katakomben befindend, hatte sie zu nichts weniger Lust als zum Sex. Noch dazu mit zwei feisten, ungewaschenen Soldatenlümmeln.

„Wenn deine *richtige* Bestrafung erst einmal begonnen hat, wirst du dich zurücksehnen zu einem Moment wie diesem", drohte Laetitia. „Auf Männer, besorgt es dieser vorlauten Hure! Spielt das Spiel mit ihr, das ihr schon so oft getrieben habt!"

Das ließen sich die Legionäre nicht zweimal sagen. Kaum von ihren Rüstungen, Helmen und Beinkleidern befreit, stürzten sie sich auf die blonde Sklavin wie Wölfe auf ein Reh.

In der Zelle nebenan wagte Aikaterine kaum zu atmen und musste dem Schauspiel der Lust und der Schmerzen beiwohnen.

***

„Was habt ihr mit uns vor?" presste Obinna hervor. Sechs kräftige Wärter waren nötig, um ihn zu bändigen. Sie standen in seiner Zelle und ketteten seine Gliedmaßen an die Außenseiten des eisernen Türrahmens. Nach kurzer Zeit waren seine Arme und Beine an die Eisengitter gekettet und in alle Himmelsrichtungen gereckt. Sein halbnackter Leib hing schwer und muskulös aber hilflos im offenen Rahmen der Gittertür.

Der Bucklige lachte. „Wir knöpfen uns dein kostbarstes Gut vor", flüsterte er in gespielter Ehrerbietung, die doch nur spöttisch und falsch klang. „Deine dicke, gefährliche Würgeschlange."

Bitter sah der Nubier zu Boden. Wieder einmal wurde er nur auf sein ungewöhnlich großes Glied reduziert. Wie selbstverständlich schienen alle Menschen anzunehmen, dass ein Mann mit enormem Gehänge nichts Wertvolleres zu bieten habe als eben dieses. Es war beides zugleich: vorzügliches Werkzeug und unheilvoller Fluch.

Dumnorix lag in der Nachbarzelle auf seinem kargen Strohlager und schwieg. Er betete inbrünstig, dass sein großer liebenswerter Kollege von allzu grausamen Scherzen und boshaften Schandtaten verschont bliebe. Wohl wissend, dass sie beide den Mächtigen ausgeliefert waren. Was, wenn ihre Herrin Laetitia den Wärtern der schwarzen Katakomben Narrenfreiheit gegeben hatte im Umgang mit ihnen? Was, wenn sie gleichgültig war hinsichtlich ihres weiteren Schicksals und das Ausmaß der Bestrafung ganz dem Buckligen überließ? *Wie* krank war dieser im Kopf? Dass er krank war, stand für Dumnorix außer Frage.

„Dir werde ich lehren, mich mit heißer Suppe zu begießen, Nubier", zischte der Bucklige. Es klang dumm und voller Hass, eine gefährliche Kombination. Ungeduldig leckte er mit der Zunge über seine trockenen, vollen Lippen, die einen Mund voller schwarzer Zahnstummel freigaben. „Dir werde ich lehren", beteuerte er noch einmal. „Was du gestern getan hast, war ein Fehler! Deine Schlange wird Schmerzen verspüren."

Ein Fiepen ertönte, mehrfach hintereinander und leicht gequält, als handele es sich um einen Geist oder Kobold, der irgendwo im Hintergrund sein Unwesen trieb.

„Herr, sie beißt mich noch", jammerte ein Kerl, der noch nicht zu sehen war.

„Halte sie fest!" befahl der Bucklige. Er wandte sich um und sprach zu einer Wand aus dunklen Schatten, die sich im Flackern der Öllampen unruhig hin- und her bewegten. „Das wirst du ja wohl können. Wenn du sie loslässt, lasse ich dich auch auspeitschen wie den anderen!"

Ein Wärter trat hervor. In der Hand hielt er eine Peitsche. An dem langen Lederriemen waren viele scharfe Dornen eingeflochten.

Die Peitsche! dachte Obinna. *Sie werden mir wohl die Peitsche geben. Es wird wehtun und bluten. Ist ein wahres Folterinstrument, so wie sie aussieht.*

Er irrte sich. Die Peitsche war für Dumnorix, der sogleich von den sechs Wärtern gepackt und seinerseits an das Eisengitter gekettet wurde. Nur umgekehrt, nämlich mit dem nackten Rücken zum Gang.

Für Obinna hatten sie etwas anderes vorgesehen. Etwas, das Geräusche machte wie ein in die Enge getriebenes, aggressives und verängstigtes Tier.

Es *war* ein Tier. Eine fette, dunkelgraue Ratte mit rosafarbenem nacktem Schwanz und kleinen, messerscharfen Zähnen. Die schwarzen Augen funkelten dumpf und voller Panik. Ein Wärter hielt sie am Schwanz fest, während sie hin- und her baumelte und quiekende Klagelaute von sich gab. Zu seinem Schutz hatte er einen dickledernen Handschuh an. Die Ratte gebärdete sich so wild, dass sie umherschwang und sich wand. Mit ihrem kleinen gefräßigen Maul hätte sie fast die Hand des Wärters erreichen und nach ihr schnappen können.

„Oh nein", bat Obinna. Ihm wurde schlecht beim Anblick des schmutzigen, ausgehungerten Tieres. „Das müsst ihr nicht tun. Lasst es doch sein!"

„Gönne dem Vieh doch die Freude", grinste der Bucklige und rieb sich erwartungsvoll die Hände. „Wann hatte es schon einmal eine solch fette gemästete Schlange vor sich, die sich nicht wehren kann?"

„Wir sind doch nicht im Circus Maximus!" ertönte eine dünne, knarrende Stimme. „Ihr dürft uns Gefangene nicht quälen!" Der bärtige Alte klang sehr müde und nur wenig empört. Die ganze lange Nacht hatte er an die Steinmauer gelehnt verbracht, an den Armen aufgehängt.

„Halte dein struppiges Schandmaul, alter Sack mit einem Bart wie dem Schamhaar eines Elefanten!" rief der Bucklige verächtlich über seine Schulter.

„Elefanten haben gar kein Haar da unten!" entgegnete der Alte, doch es klang eingeschüchtert und kläglich.

Der Bucklige ging nicht weiter darauf ein. Während sich einer der Wärter bereit machte, den Gallier auszupeitschen, bebte der Nubier in Erwartung des Schrecklichen, das sie ihm anzutun gedachten.

**

Voller Mitleid hatte Aikaterine die Augen geschlossen. Dicht neben sich, nur durch eiserne Gitterstäbe getrennt, wallte die stickige Luft des Gefängnisses. Zwei nackte Männer machten sich über eine Frau her. Von ihren erhitzten, ungewaschenen Körpern stieg der Dampf ihres Schweißes auf.

Afra war an Händen und Beinen mit einem groben Seil zusammengebunden worden, so dass ihre Gliedmaßen schräg nach oben zeigten wie die Stangen eines Zeltes. Die Kerle hatten das Seil, an dem sie hing, an einem Eisenring befestigt, der an der steinernen Zellendecke angebracht war. Hilflos und mit dem Rücken nach unten schwang Afra hin und her, angeschoben von den Händen der Legionäre. Ihr fester blanker Hintern glänzte im Schein der Öllampen. Obwohl es Morgen war, erreichte das Tageslicht nicht die Tiefen der schwarzen Katakomben. Nur durch wenige schmale Lichttunnels konnte die Sonne einen trüben Schein nach unten schicken.

„Stoßt sie!" befahl Laetitia. „Hämmert eure Legionärskolben in sie hinein!"

„Das tun wir", bestätigte einer der beiden. „Wir spielen Bückbock mit ihr! Werden ihr ordentlich einheizen!" Er war schon dabei, sich mit hektischen, gierigen Bewegungen das Gehänge zu kneten. Kaum war sein Schwengel halbsteif, bückte er sich über die aufgehängte Sklavin, packte ihren Po und versuchte sein Teil in ihre Spalte einzuführen. Es gelang ihm jedoch nicht. Seine energischen Bemühungen, der Blonden seinen Schwengel einzuverleiben, führten lediglich dazu, dass dieser wieder erschlaffte. Schließlich wollte er den weichen Fleischriemen in die trockene Spalte stopfen, als sei er eine Wurst, die zwischen die Lappen zweier Teigfladen gcstcckt wcrdcn soll.

„So geht es nicht", ärgerte sich Laetitia. „Im Kampfe magst du tauglich sein, doch bei der Bespringung einer Gefangenen stellst du dich gar zu dumm an!"

„Verzeiht, ehrenwerte Bürgerin Roms", sagte der zweite Legionär, der inzwischen wie sein Kollege seinen Schwengel knetete, um ihn zu erhärten. „Wir sind Legionäre und unterstehen dem großen Feldherrn und Imperator Julius Cäsar. Obwohl ihr von hohem Stand seid, steht es euch nicht zu, die Legionäre Roms zu maßregeln. Es ist unsere Pflicht, eure Bürgerrechte zu schützen, geflohene Sklaven einzufangen und unseretwegen auch zu bestrafen. Dies gibt euch aber nicht das Recht…"

„Schon gut", winkte Laetitia ungeduldig ab. „Ich habe es nicht so gemeint. Sicher seid ihr von den Zivilisten unabhängige Soldaten und untersteht nicht meinem Befehl, sondern dem eurer militärischen Vorgesetzten. Nun aber bitte ich darum, euch auf die Begattung der dummen blonden Gans zu konzentrieren! Die Rede hat euren Schwengel gänzlich schrumpfen lassen."

Missmutig besah sich der nackte Legionär sein Gehänge, das schlaff und teilnahmslos herabhing. Der andere Soldat allerdings hatte nun die Erhärtung seines Gliedes bewerkstelligt und pflanzte es erfolgreich in die Spalte der Germanin.

Afra zog zischend die Luft zwischen ihren Zähnen ein, als der Kolben des Legionärs in sie eindrang. Da sie keinerlei Erregung verspürte, bereitete ihr der Eindringling brennende Schmerzen.

„So soll es sein!" lobte Laetitia. Sie registrierte die Qualen der Sklavin mit Anerkennung. „Das Biest erfährt bereits eine erste Ahnung von Strafe!"

Nach einigen langsamen Stößen wurde Afras Spalte nun doch etwas geschmeidiger. Sie setzte dem Kolben weniger Widerstand entgegen. Er glitt nun, ermutigt von der begehbar gewordenen Pforte, schneller ein und aus. Der Legionär fing an zu rammeln, als gälte es eine Schlacht zu schlagen. Schweißperlen tropften von seinem breiten Brustkorb. Er grunzte viehhaft und schien nichts dabei zu finden, seinem Geschlechtstrieb vor den Augen seines Kollegen und der römischen Kaufmannsgattin nachzugehen.

„Ich will auch Bückbock sein!" drängte der andere. Großzügig zog der Rammler seinen Pfahl aus der Spalte und stieß die baumelnde Afra von sich. Sie schwang, gefesselt am Seil von der Decke hängend dem erwartungsvollen Kollegen entgegen. Ohne Zeit zu verlieren, bückte sich dieser seinerseits, suchte die noch etwas geweitete Spalte und fädelte seinen Riemen zwischen den Schamlippen ein.

Hilflos musste Afra die Begattung des zweiten Bockes über sich ergehen lassen, interessiert beobachtet und beklatscht von ihrer schadenfrohen Herrin. Sie ahnte, dass das Martyrium noch einige Zeit dauern würde, denn der erste Bock war anscheinend noch genauso weit weg vom Zustand der Befriedigung wie der zweite. Geile und unbarmherzige Stöße gingen auf sie nieder, fuhren zwischen ihren festen, rosafarbenen Schamlippen hindurch wie ein Pflug durch die aufgeweichte Erde eines Ackerbodens.

„Vergesst auch ihr hinteres Loch nicht!" empfahl Laetitia. „Und die andere, diese Griechin… Sie wartet schon darauf, es von euch besorgt zu kriegen!"

„Dafür", ächzte der stoßende Soldat, „sollten wir eigentlich eine Zulage zu unserem Sold erhalten! Oder wir bringen morgen zu unserer Entlastung unser ganzes Legionärsbataillon mit!"

Laetitia lachte. „Keine schlechte Idee!" meinte sie amüsiert.

Afra machte die Augen zu und beschloss, keinen Laut von sich zu geben. Sie versuchte, ihren Leib als etwas von ihr Getrenntes, nicht zu ihr Gehörendes wahrzunehmen, jedenfalls für die Stunde ihrer unfreiwilligen Bespringung.

Sie erstarrte. Was war das?

Aus weiter Ferne hörte sie ein gellendes Schreien.

Sein Schreien. Obinna!

Die Schmerzens- oder Schreckensrufe des Nubiers zu vernehmen, bereitete ihr mehr körperliche Qualen als das Stoßen der Legionäre. Was taten sie dem armen Kerl an, diese miesen Folterknechte?

Afra presste beide Lippen eng zusammen und wünschte sich weit weg von hier zu sein. Weit weg in der Freiheit, zusammen mit Obinna, Aikaterine und Dumnorix.

***

„Nehmt es weg! Nehmt es weg von mir!" brüllte Obinna. Er hatte entsetzliche Angst. Ein Gefühl, das intensiver war als das meiste, was er in seinem Leben bereits gefühlt hatte. Seine dunkle, tiefe Stimme hallte mächtig wider in den weitverzweigten Gängen der schwarzen Katakomben. Das Geschrei schürte die Angst bei den anderen Gefangenen, die nur ahnen konnten, was in diesem Zellentrakt hier vor sich ging.

Die Ratte quiekte und fiepte, schwang im Kreis herum, gehalten von der lederbehandschuhten Hand des Wärters. Sie befand sich ungefähr eine

Handspanne oberhalb des nackten Gehänges des Nubiers.

„Halte sie tiefer!" wies ihn der Bucklige an. Seine hässlichen Kuhaugen glitzerten grausam. Der Wärter gehorchte und ließ die Hand mit der Ratte etwas hinabsinken. Obinna begann zu röcheln und zu keuchen, als befände er sich auf einem anstrengenden Marathonlauf.

„Gefällt dir das Tierchen?" fragte der Bucklige scheinheilig und stellte sich dicht vor den Sklaven, wobei er darauf achtete, dass sein Unterleib der an ihrem Schwanz hängenden Ratte nicht zu nahe kam.

Obinna zitterte wie Espenlaub. Groß und überaus kräftig wie er war, hatte er doch mächtige Angst vor diesem kleinen Nager, dessen spitze Zähne in unmittelbarer Nähe zu seinem Schwengel schnappten und geiferten. Wehrlos angekettet, konnte er lediglich an den Ketten reißen und seinen nackten schwarzen Körper vor dem Eisengitter ruckartig hin- und her bewegen.

„Seht doch, die Schlange kringelt sich zusammen!" staunte der Bucklige. Obinnas Riemen war vor Angst faltig zusammengeschrumpft, jedoch in diesem Zustand immer noch deutlich größer als jeder Schwengel in diesen Katakomben.

Der Wärter senkte seine Hand noch ein Stück. Die Ratte drehte fast durch und schien völlig verrückt zu werden. Sie hatte wohl mindestens so viel Angst wie der, dessen Glied sie in Bedrängnis brachte. In dieser Situation würde das Tier auf jeden Fall zubeißen, sollte es das dunkle Fleisch des Schwengels zu packen bekommen.

Obinna spürte das Blut in seinen Schläfen pochen. Er hörte sich selbst wie aus weiter Entfernung schreien.

Mit einem Mal stockte er, erstarrt vor Schreck.

An der Haut seines Gliedes kitzelten die Schnurrbarthaare der Rattenschnauze.

„Jetzt schnappt sie gleich!" sagte der Bucklige erregt. Und, gleich darauf: „Lass jetzt los!"

Der Wärter öffnete seine Hand. Die Ratte entglitt seinen Fingern. Sie streifte im Fallen Obinnas Schwengel und versuchte zuzubeißen, stürzte aber zu Boden. Schneller als menschliche Augen schauen konnten, huschte sie über den Lehmboden und war sogleich in den dunklen Gängen der Katakomben verschwunden.

Obinnas Herz hämmerte laut in einem raschen Rhythmus wie ihn der geübteste Trommler nicht hätte schlagen können. In ihm überschlugen sich die Empfindungen der Erleichterung über die Unversehrtheit seines Riemens und der Wut auf die Wärter.

„Wir dürfen die Gefangenen nicht unnötig verletzen", meinte der Bucklige fast entschuldigend zu den anderen Wärtern. „Obwohl ich den Anblick deines unverschämt großen Schwengels, der von einer Ratte zerfleischt wird, nur zu gerne gesehen hätte!" Er blinzelte Obinna an, der schlaff an seinen Eisenketten hing.

In die Ruhe, die kurzzeitig eingetreten war, begann sich jetzt das Knallen der Peitsche zu mischen. Dumnorix stieß den angehaltenen Atem aus und bemühte sich, keinen Mucks von sich zu geben. Schmerzhaft und laut fuhren die Lederriemen über seinen nackten Rücken. Die scharfen Dornen gruben sich in sein Fleisch, nur um ruckartig wieder herauszugleiten und kurz darauf wieder zuzuschlagen. Die Erleichterung des Galliers, dass der Schwengel des sympathischen Nubiers von den Zähnen der Ratte verschont geblieben war, wich einer großen Pein, die alles in ihm ausfüllte. Furchtbar und schneidend waren die Hiebe mit dem dornengespickten Lederriemen, die seinen Leib marterten.

Und doch, tief in ihm drin, inmitten all der Schmerzen und Ängste glomm ein kleines Licht der Hoffnung auf Befreiung und Erlösung. Selbst wenn diese auch nur durch einen bald bevorstehenden Tod erlangt werden mochte!

Kapitel 24:

DAS LOS DER VERDAMMTEN

„Nein! Sag, dass das nicht dein Ernst ist! Wie kannst du in einer solchen Situation Scherze treiben?" Entgeistert stellte Laetitia ihren Weinbecher auf den Tisch. Er war aus rosafarbenem Carrara-Marmor und ganz neu. Ihr Gatte Magnus hatte die schwere Tischplatte bei seiner Handelsreise im Sommer aus der Toskana mitgebracht. Nun saßen sie gemeinsam mit ihrer neunzehnjährigen Tochter Cecile beim Abendessen auf der Terrasse. Der Garten blühte selbst jetzt in den späten Wochen des Sommers immer noch in seiner ganzen Pracht. Der Brunnen mit der überlebensgroßen Statue des Gottes Jupiter plätscherte vor sich hin, genährt durch die sechzehn wasserspeienden Pferdeköpfe aus Bronze. Hochgewachsene Pinien und Akazien versperrten nur vereinzelt die Sicht auf die Hügel Roms, die sich am Horizont in der beginnenden Abenddämmerung schwarz abzeichneten. Unzählige Lichter von Öllampen, Fackeln und erleuchteten Fenstern glommen überall schwach wie Legionen von Glühwürmchen. Wenn die Nacht hereinbrach, würden die Lichter stärker zu sehen sein und wetteifern mit dem Funkeln des Sternenhimmels.

„Meine Liebste, ich scherze nicht." Magnus nahm einen bedächtigen und langen Schluck von dem Wein und leerte seinen Becher gänzlich, um Zeit zu gewinnen und sich gegen die scharfzüngigen Widerworte seiner Gemahlin wappnen zu können.

„Heute Morgen erst war ich in den schwarzen Katakomben und musste mich den unbeugsamen Unverschämtheiten dieser blonden kleinen Hexe stellen", entrüstete sich Laetitia. „Sie verhöhnte mich noch, meinte gar im Recht zu sein! Und da sagst du mir ganz offen ins Gesicht, ich solle sie *laufen lassen*? Noch dazu zusammen mit den anderen Sklavenhuren, die so frech gewesen waren zu fliehen und damit Schande über unser Geschäft brachten?"

„Ich meinte nicht *laufen lassen*", berichtigte sie Magnus geduldig. Unruhig goss er sich aus der prunkvollen Kristallkaraffe Wein nach. Seine Gemahlin war für gewöhnlich ohnehin schwierig, jedoch nahezu unausstehlich, wenn sie aufgebracht war. „Sie müssen verkauft werden, und zwar zu einem möglichst hohen Preis und an einem Ort, wo ein solcher Preis zu erzielen ist. Es bringt derzeit nichts, sie in Rom zu verkaufen. In den letzten Monaten sind viele Schiffsladungen mit Sklaven eingetroffen. Das Angebot ist zu groß, die Preise sinken. Außerdem…" Er seufzte und stellte die Karaffe wieder auf den Tisch. „Außerdem lacht ganz Rom über die Flucht unserer Sklaven, so scheint mir. Sie zu verkaufen wäre nur mit großem Preisabschlag möglich, da jeder um ihre Aufsässigkeit und Untreue wüsste."

„Genau. Deshalb müssen sie sterben! Grausam und öffentlich. Damit unser guter Ruf wiederhergestellt wird und jeder Sklave Roms weiß, dass er an eine erfolgreiche Flucht erst gar nicht zu denken braucht." Laetitia nickte bekräftigend.

Magnus schüttelte den Kopf. „Ihr Weibsvolk seid zu gefühlsduselig. Rachegelüste kämen uns in diesem Fall sehr teuer. Wir müssen Kaeso Aurelius eine Entschädigung für den Verlust seiner Männer und die Unannehmlichkeiten bezahlen. Dazu kommt noch die Belohnung für diesen Eunuchen, der die Sklaven an die Legionäre verraten hat. Unter vernünftigen Gesichtspunkten ist es besser, die Sklaven weit fortzuschaffen, wo man sie und ihre Geschichte nicht kennt und bereit ist, einen hohen Preis für sie zu zahlen. Nur ein hoher Preis ersetzt uns unsere Verluste. Das ist ehrenwertes, kluges kaufmännisches Denken, weiter nichts."

„Und wo wäre dieser Ort?" fragte Laetitia schnippisch. „Auf der Scheibe des Mondes?"

„Glücklicherweise da, wo ich ohnehin hinzufahren gedenke", antwortete Magnus schlicht. „Alexandria. Die große Hafenstadt in Ägypten."

Laetitia schwieg. Sie blickte zu Cecile, die desinteressiert zu den Baumkronen des parkähnlichen Gartens blickte.

„In wenigen Wochen breche ich auf", sagte Magnus. „Ende des Monats September ist es soweit. Das Klima wird noch milde sein und deutlich wärmer werden, je mehr wir uns östlich des Mittelmeers bewegen. Das Schiff ist eine große Galeere, schwer bewaffnet und beschützt von erfahrenen Legionären. Sie werden von dort garantiert nicht fliehen können. Ich werde die beiden Weiber in Ketten legen lassen. Der Gallier wird rudern müssen. Dann wird sein Körper auch an Kraft und Geschmeidigkeit gewinnen. Er hat eine helle Haut und rotblonde Haare. Das bringt in Ägypten sehr gutes Geld. Noch besser wird der Preis sein, den ich für die blonde Germanin erzielen werde."

„Was ist mit dem Nubier?" wollte Laetitia wissen. „Haben sie von seiner Rasse genug Sklaven in Alexandria?"

„Weit mehr als von den blonden Menschen, so heißt es", antwortete Magnus. Er wähnte sich auf einer guten Fährte. Das Gespräch nahm einen vielversprechenden Verlauf. Zumindest zeigte seine geldgierige Ehefrau Interesse am Profit und schien ihre Rachepläne schon zu vergessen. Zufrieden schnitt sich Magnus ein Stück von dem Ziegenbraten ab, der noch halbwegs warm war und aromatisch auf einer Silberplatte vor sich hin duftete.

„Man könnte meinen, wir sind arme Leute, die keine Diener besitzen", spottete Cecile verdrossen. „Warum hast du alle weggeschickt? Glaubst du, es macht Freude, zu Abend zu essen, ohne bedient zu werden?"

„Schweig still", wies Laetitia ihre Tochter zurecht. „Was wir hier zu bereden haben, soll vorerst unter uns bleiben und geht keine Diener und Sklaven etwas an." Nachdenklich besah sie sich ihre Tochter, die sich lustlos auf ihrem Kissen fläzte. „Was das Bedienen angeht", fuhr Laetitia fort und schickte mit ihren Augen kühle Blitze zu Cecile, „so hattest du ja bisher auch kein Problem damit, auf eine Bedienung zu verzichten, was die sexuellen Dinge des Lebens angeht! Bevor es dir der Nubier tüchtig besorgt und deine jungfräuliche Spalte mit seinem gewaltigen Rammbock geöffnet hat, warst du ja in Selbstbedienung äußerst geübt, so scheint mir."

Cecile knallte demonstrativ ihre Leinenserviette auf den Tisch, stand auf und verließ raschen Schrittes die Terrasse. Ihre weiße Seidentunika wehte sanft in der leichten Abendbrise und schmiegte sich um ihre langen schlanken Beine.

Magnus sah ihr amüsiert nach und warf dann einen Blick auf seine Gattin, die zufrieden vom ihrem Wein trank. *Ihre Worte sind wie der Biss einer Schlange*, dachte er. *Schnell und verletzend.* Letztendlich war ihm das alles egal. Auch dass seine Tochter sich von dem Nubiersklaven hatte bespringen lassen. Sein Ziel war in greifbare Nähe gerückt: die geile blonde Barbarin mit auf die Handelsreise nach Ägypten zu nehmen. Endlich würde er sie begatten, auskosten und ganz in Besitz nehmen können! Nachdem sie damals im Frühsommer so zärtlich und ausgiebig seinen Schwengel gelutscht hatte, würden bald noch weit farbenprächtigere, abnormere Freuden auf ihn warten! Noch dazu auf einer wankenden Galeere, inmitten der salzigen Gischt des Mittelmeeres… Verheißungsvoll ließ Magnus den Blick über den großen Garten schweifen. Er suchte die Stelle, wo die Germanin im frühen Sommer seinen Kolben liebkost hatte, während ihr die ersten Tropfen seines Schwengelschleims aus dem Mund getrieft waren.

Nachdem Laetitia ausgetrunken hatte, fragte sie abermals: „Was ist mit dem Nubier?"

Magnus zuckte mit den Schultern. „Wenn du willst, lasse ich ihn hier. Du kannst ihn töten oder ihn im Circus Maximus bei einer Zeremonie den Göttern opfern lassen."

Laetitia überlegte kurz. Sie dachte an den schönen, schwarzen Körper des Nubiersklaven, an seine hübschen, dunklen Augen… an seinen herrlich großen Schwengel. Und an seine enorme Begabung beim ausdauernden Reiten von Frauen!

„Was mit ihm geschehen soll, weiß ich noch nicht", erklärte sie. „Vielleicht kannst du ihn zu einem guten Preis in Alexandria verkaufen. Oder er bezahlt mit seiner öffentlichen Schlachtung in Rom den schmerzhaften Preis für die Flucht der Sklaven. Die vermutlich *er* angezettelt hat."

Magnus nickte. „Du kannst es dir noch gründlich überlegen, was du mit ihm zu tun gedenkst, meine Liebe", sagte er. „Lass uns jetzt anstoßen! Auf baldige gute Geschäfte in Ägypten! Ich werde im kommenden Frühjahr zu dir heimkehren, beladen mit teuren Waren, Geschenken und Säcken voller Gold und Silber. Erfahrener im Umgang mit dem Händlervolk des Nils und reicher als je zuvor!" Er hob seinen vollen Weinbecher. Laetitia hatte den ihren ebenfalls wieder gefüllt und tat es ihm gleich. Mit einem dumpfen Klingen schlugen die bronzenen Ränder aneinander. Dunkelrot und würzig schwappte der edle Rebensaft in den Bechern und versprach Berauschung und Entspannung.

„Auf dich! Auf Ägypten! Fahre bald fort, und kehre heil wieder!" Laetitia zwinkerte ihm aufmunternd zu. Ihre Laune hatte sich merklich gebessert. Sie prosteten sich zu und tranken.

Hätte Laetitia gewusst, was ihr Gatte während seiner Handelsreise nach Ägypten auf der Galeere zu tun vorhatte, so hätte sie nichts unversucht gelassen, um seine perversen Pläne zu durchkreuzen.

ENDE

TASCHENBUCH ISBN 978-3-86441-037-6
EBOOK ISBN 978-3-86441-036-9

Cartoons und noch mehr auf
www.stumpp.cc

Aktuelle Infos und noch mehr erhalten Sie unter
www.rhino-valentino.com
www.stumpp.cc

MEHR LIEFERBARE TITEL:

SEX IM ALTEN ROM 1: **Die Sklaven**   EBOOK
ISBN 978-3-86441-012-3
Historische Erotik-Romanserie vom extravaganten Schriftsteller des Lasters und der Leidenschaft: Rhino Valentino. Geschrieben für reife Leserinnen und Leser. Neben intensiven Schilderungen verschiedenster Erotik-Szenen enthalten diese Geschichten eine kräftige Brise Humor. Sie beleben augenzwinkernd das Genre der Erotik-Parodie... In einer geschliffenen, messerscharfen Sprache entführt Sie der Autor Rhino Valentino in die schamlose, dekadente Welt des alten Roms!
SEX IM ALTEN ROM 2: Die Schamlosen   EBOOK
ISBN 978-3-86441-013-0
SEX IM ALTEN ROM 3: Die Orgie   EBOOK
ISBN 978-3-86441-014-7
SEX IM ALTEN ROM 1-3 Sammelband   EBOOK
ISBN 978-3-86441-015-4
SEX IM ALTEN ROM 1-3 Sammelband   PAPERBACK
ISBN 978-3-86441-016-1
SEX IM ALTEN ROM 4: Das Signum der roten Laterne   EBOOK
ISBN 978-3-86441-017-8
SEX IM ALTEN ROM 5: Dunkle Exzesse   EBOOK
ISBN 978-3-86441-018-5
SEX IM ALTEN ROM 6: Medusa der Eunuch   EBOOK
ISBN 978-3-86441-019-2
SEX IM ALTEN ROM 4-6 Sammelband   EBOOK
ISBN 978-3-86441-020-8
SEX IM ALTEN ROM 4-6 Sammelband   PAPERBACK
ISBN 978-3-86441-041-3

SEX IM BUSCH 1: Die Schöne am Fluss   EBOOK
Heiterer und schweinischer Erotik-Roman in drei Teilen. Von Rhino Valentino.
ISBN 978-3-86441-029-1
Belgisch Kongo, 1912: Barnabas Treubart ist ein stattlicher Mann in den mittleren Jahren, erfahrener Afrika-Reisender und Missionar in eigener Sache. Eines Tages

beobachtet er eine wunderschöne, junge schwarze Frau am Fluss. Es ist Muluglai, die edle Tochter eines Häuptlings. Sie wird von einem grausamen, abscheulichen Krieger überrascht, der sie vergewaltigen und töten will. Als Barnabas ihr zur Hilfe eilt, ahnt er noch nicht, dass dieses Zusammentreffen ihn in seinen moralischen Grundfesten zutiefst erschüttern wird. Auf den kleinen, dicken Mann mit dem mutigen Herzen eines Löwen warten abnorme Abenteuer mit wilden Kannibalen und Raubtieren, wundersame Begegnungen mit Eingeborenen, dunkle Geheimnisse des Voodoo-Kults… und eine neue, faszinierende Welt schamloser sexueller Ausschweifungen! Erotik, Spannung und Humor mischen sich in diesem Werk zu einem deftigen Buchstaben-Menü: Scharf gewürzt, heiß und fettig, aber gut bekömmlich.

SEX IM BUSCH 2: Im Treibsand der Sünde EBOOK
ISBN 978-3-86441-032-1

SEX IM BUSCH 3: Im schwarzen Reich der Kannibalen EBOOK
ISBN 978-3-86441-034-5

SEX IM BUSCH 1-3 Sammelband EBOOK
ISBN 978-3-86441-036-9

SEX IM BUSCH 1-3 Sammelband PAPERBACK
ISBN 978-3-86441-037-6

FICKEN HEUTE! 1 & 2 Doppelband EBOOK
ISBN 978-3-86441-028-4

Stark erotische, deftige XXL-Doppel-Story über Porno-Drehs und heiße Nächte in Jamaika. Rhino Valentino hat Danielas brisante Geschichte in einer direkten, eisblumigen Sprache geschrieben, die nicht um den heißen Brei herumredet, sondern direkt in ihn hineinklatscht! Mit einem Vorwort des Autors.

FICKEN HEUTE! 1: Daniela und der Porno-Dreh EBOOK
ISBN 978-3-86441-038-3

FICKEN HEUTE! 2: Daniela und die Sex-Karriere EBOOK
ISBN 978-3-86441-039-0

FICKEN HEUTE! 1 & 2 Doppelband PAPERBACK
ISBN 978-3-86441-040-6

HALLOWEEN HORROR QUEEN 1: Die geisteskranke Autobahn-Hexe
ISBN 978-3-86441-025-3

Trampen kann gefährlich sein! Blacky A. Fraid ist ein junger wilder Autor mit Hang zur dunklen Seite der Menschen. Er liefert mit „Die geisteskranke Autobahn-Hexe" eine spannende Story ab, die es in sich hat…

www.ingramcontent.com/pod-product-compliance
Lightning Source LLC
Chambersburg PA
CBHW080806120626
46556CB00009B/3240